Estyniad

François Bonnet

Estyniad

Illustration : Pete Linforth, Pixabay

Edition: BoD - Books on Demand
12/14 rond-point des Champs Elysées
75008 Paris
Imprimé par BoD – Books on Demand, Norderstedt
ISBN : 978-2-3221-6051-8
Dépôt légal : Novembre 2018

*A M-E, ma compagne, pour son soutien, ses encourage-
ments, ses heures de relectures et ses précieux conseils.
Sans toi ce livre n'aurait jamais vu le jour.*

Chapitre 1 – Sur Terre

Marc arpentait les bords de Seine depuis quelques heures déjà. Il avait un mal de tête épouvantable et se souvenait avec difficulté de sa cuisante défaite au poker de cette nuit. Impossible de se remémorer combien de verres de whisky il avait avalés la veille, mais pire que ça : il était également incapable de se rappeler combien de centaines, milliers ? d'euros il avait encore perdus…
Il en était là des ses réflexions quand son portable se rappela à lui dans le fond de sa poche.

> — Mr Graime ? Fabrice Lentier à l'appareil, votre conseiller bancaire…, Mr Graime ? Il faut vraiment faire le point au sujet de votre compte, j'ai besoin que nous nous rencontrions au plus vite !

> — Bonjour M. Lentier, oui, oui, je sais… j'étais pas mal occupé ces derniers jours, donnez-moi un instant, je consulte mon agenda…

Marc consulta son agenda fictif, sachant pertinemment qu'il ne pourrait gagner que 48h au grand maximum. Cela faisait déjà trois fois qu'il repoussait ce tête à tête mais aujourd'hui avec cette gueule de bois, ce n'était certainement pas une bonne idée d'aller voir son banquier.
> — Voilà, j'ai un créneau mercredi, le matin, ça vous est possible ?

Marc reteint son souffle attendant la réponse de Lentier. Il y eu d'abord une sorte de soupir de lassitude, puis Lentier, repris, passablement agacé :

— Vu l'état de votre compte, c'est beaucoup trop tard ! Je vous attends demain à 10h dans mon bureau. Bonne journée Monsieur Graime …

« C'est ca, bonne journée toi-même » marmonna Marc, en ayant pris soin de raccrocher juste avant. » Quelque chose lui disait que cette journée commençait plutôt mal. Il fit demi-tour et remonta l'avenue, en regardant l'heure à son poignée il découvrit qu'il avait également perdu sa montre au jeu …

A en juger par le trafic qui s'intensifiait dans la capitale, il ne devait pas être loin de 9h du matin. C'était bien cela : 9h10, d'après son portable. Celui-ci vibra une seconde fois :

— Monsieur Graime ? L'agence Maxia à l'appareil, votre seconde hypothèque vient d'être annulée par votre banque. Il faudrait fixer un rendez-vous au plus vite !

Mais pourquoi n'avait il pas misé son portable hier soir !

— Oui ? Je suis en rendez-vous, je vous rappelle cet après-midi, et il raccrocha aussi sec.

La banque et maintenant l'hypothèque, la journée commençait vraiment mal ! Foutu pour foutu il écouta le message vocal d'un troisième appel qui venait de s'afficher.

— Marc ? c'est Claire…, tu n'oublies pas ta fille cette fois-ci ? Je te rappelle qu'elle aura 6 ans le week-end prochain et que tu lui as promis de l'emmener à la mer.

Il fallait absolument qu'il rappelle Claire, mais il avait d'abord besoin d'un café et de retrouver un peu de lucidité. Depuis leur divorce deux ans plus tôt, la situation n'avait cessé d'empirer. Pourtant, il en était persuadé, Claire l'aimait toujours. Il se dirigea vers la terrasse d'un café, s'installa à une table et réfléchit à ce qu'il fallait faire. Avant tout chose : un expresso !

Cela faisait deux mois qu'il avait perdu son poste d'expert en sécurité dans une firme spécialisée dans les supra conducteurs et depuis, sa vie avait été une lente descente aux enfers : les jours passés à surfer, vautré dans son canapé, et les nuits passées en parties de poker qui avaient fini par engloutir ses indemnités. Le plus urgent, c'était la banque : il fallait renflouer son compte au plus vite. Vu le nombre d'organismes de crédits à la consommation disponibles sur le Net, Marc se dit qu'il pourrait encore une fois contracter un crédit « revolving » et récupérer deux ou trois milliers d'Euros, histoire de finir le mois et d'arriver avec des munitions pour son rendez-vous à la banque demain matin. Il classa donc ce premier problème dans sa tête et examina le suivant.

L'hypothèque : ça c'était une autre paire de manches… Sans l'appui de sa banque, impossible de leur faire entendre raison. Son dossier passerait rapidement en commission et la maison serait saisie… Changer de banque ? Vu le délai et l'état de ses finances, c'était techniquement impossible. Marc faisait teinter machinalement sa cuillère dans le fond de son expresso. Il ralluma son portable et entrepris de « checker » ses mails, cela lui changerai les idées. En 2035, il faisait figure de dinosaure avec son vieux smartphone tactile. Tout le monde avait depuis longtemps opté pour des modèles imprimés sur l'avant bras, alimentés par la chaleur corporelle, et fonctionnant par conduction osseuses : c'était le nec plus ultra en matière de connectivité ! Mais non, lui préférait son « pavé » qu'il sentait au fond de sa poche. Il aimait sentir son poids dans le creux de sa main parce qu'il avait l'impression qu'il pouvait à tout moment l'attraper et le balancer contre un mur, mettant fin, par la même occasion, à tous ces problèmes, l'impression de maitriser encore quelque chose ... 128 mails à traiter : Il y avait beaucoup de spams, quelques promotions pour des crédits à la consommation qu'il mit de côté pour plus tard, un message d'Eric qui lui demandait s'il avait réussi à rentrer hier « vu son état » et qui lui donnait rendez-vous pour la prochaine partie demain soir ; des messages d'anciens clients qui n'avaient pas du encore intégrer son « départ », bref, rien de bien intéressant. Pourtant un mail attira d'avantage son attention : Notre programme Kobalth. Le mail lui était personnellement adressé et mentionnait ses problèmes financiers. Ils lui proposaient de passer dans une de leurs agences pour profiter d'une offre de dernière minute qui devrait convenir à sa « situation ». Ce qui étonnait Marc c'était la précision des informations présentées dans le message. Ce pouvait-il que les programmes d'E-marketing de sa messagerie aient croisé les trois appels de ce matin et lui aient concocté une offre sur mesure en quelques minutes ? Il n'y avait qu'une seule façon de le savoir, et d'ailleurs cela tombait bien puisque, d'après ce même message, ils avaient une agence à deux pas d'ici.

Marc recommanda un second expresso, suivi d'un grand verre d'eau censé lui remettre les idées en place. Il régla avec un des derniers tickets restaurant qu'il lui restait encore. (Dieux merci, ces acolytes de poker ne prenaient pas encore les tickets restos !) Puis il se leva et se rendit avenue Kleber au n°49.

Le bâtiment, bien qu'assez ressent, n'attirait pas l'attention. Seule la plaque en acier noir, avec la mention « Kobalth Inc. » à côté de l'interphone lui indiquait qu'il était au bon endroit. Il sonna à l'interphone, et donna son nom. Une douce voix féminine, un brin appuyé, lui répondit :

> — Bienvenue chez Kobalth, Monsieur Graime, nous vous attendons au 30e étage

L'ascenseur était assez impressionnant, c'était une cabine de forme oblongue, d'une dizaine de mètre, entièrement transparente, semblable à celles utilisées en extérieur dans certains palaces. La montée ne dura que quelques instants, juste le temps pour Marc de se rendre compte que les numéros des 30 premiers étages étaient tous précédés de trois lettres « Kob » et devaient donc logiquement, appartenir à cette société.

Arrivé à l'étage un long couloir bordé de plantes vertes menait à une unique porte de bois sombre avec en son centre une plaque semblable à celle que Marc avait vu en bas : « Kobalth Inc. » Marc sonna, il entendit un léger déclic puis la porte s'ouvrit sur une vaste pièce baignée de lumière chaude. La hauteur sous plafond devait avoisiner les cinq mètre. Les murs étaient dans des tons gris clair, et la moquette tellement épaisse que l'espace d'un instant Marc se demanda s'il ne fallait pas se déchausser avant d'entrer. Il se dirigea vers l'accueil situé sur sa droite et fut accueilli par le sourire d'une jolie brune. Marc lui rendit son sourire. Ce fut elle qui lui adressa la parole en premier :

— Mr Graime, nous sommes ravis de vous accueillir dans nos locaux, je vais vous faire patienter un instant, mon collègue va vous recevoir.

Marc, s'attarda l'espace d'une seconde sur son badge : « Lucie » et se dit mentalement qu'il aurait préféré faire sa connaissance en soirée, autour d'un verre… Il balbutia un merci un peu gêné puis se dirigea lentement dans un salon situé en face de l'accueil. En face de lui s'étendait une immense baie vitrée avec une vue plongeante sur la Seine et la Tour Eiffel en arrière plan. Quelques plaquettes de la société s'étalaient sur des tables basses en verre et de gros canapés de cuirs noirs semblaient l'inviter à s'assoir et se détendre. Plusieurs machines à cafés étaient visibles sur sa gauche, on se serait cru dans un Show Room d'une célèbre marque de machine à Expresso, les clients en moins.

Il vit arriver un homme d'une trentaine d'année, dans un costume marron, coupé à la perfection ; grand, brun, le teint légèrement halé. L'homme lui tendit la main et se présenta avec un grand sourire.

— Etienne Difalco, ravi de vous rencontrer Monsieur Graime, si vous le permettez nous allons nous installer dans mon bureau nous serons plus à l'aise pour discuter.

Marc suivi Difalco le long du couloir, là encore de nombreuses plantes vertes étaient disposées à intervalle régulier, bien que conditionné, l'air était relativement chaud et ils croisèrent plusieurs employés en chemisette. Tout le monde paraissait détendu et mis à part leur apparence tirée à quatre épingles, on aurait pu penser qu'ils étaient là pour passer du bon temps. Un mélange de La City et de la Silicon Valley, se dit Marc. Difalco s'installa à son bureau, et indiqua un fauteuil de cuir confortable dans lequel Marc se laissa tomber avec plaisir.

— Puis je vous proposer un café ? il est issu de nos meilleurs crus, vous m'en direz des nouvelles.

Marc accepta bien volontiers, il lui en faudrait encore beaucoup d'autres pour refaire surface aujourd'hui. Tout en savourant son café, Difalco lui expliqua que Kobalth c'était diversifié récemment et possédait depuis 2 ans une unité de production d'un des meilleurs cru de Costa Rica. Le groupe gérait sur place l'ensemble de la production : de la sélection des pieds de caféiers jusqu'à la fabrication des capsules expresso. Visiblement Etienne en était très fier. Ayant fini de savourer son café, il posa sa tasse.

— Si vous le permettez je vais commencer par vous présenter notre groupe et ses différentes activités ; nous aborderont ensuite le sujet qui nous intéresse et l'offre que je veux vous exposer.

Il effleura quelques icones sur l'écran ultra plat qui trônait dans le coin gauche de son bureau, et un petit projecteur holographique sortie du centre de sa table. L'intensité de la lumière baissa légèrement, Marc se calla dans son fauteuil et écouta avec attention la présentation en 3D qui lui était faite.

Kobalth était un consortium Français crée en 2015. D'abord spécialisé dans les nanotechnologies, le groupe avait grossi rapidement grâce à quelques brevets internationaux. Il avait ensuite absorbé ses principaux concurrents puis s'était diversifié à partir de 2020. Ainsi depuis 15 ans Kobalth Inc. avait rejoins les principaux acteurs majeurs dans le secteur des énergies renouvelables, du nucléaire, des biotechnologies, de la prospection minière et des télécommunications terrestres et spatiales. La branche agro-alimentaire était certes moins développée : Kobalth ne produisait pour le moment « que » du café, du thé et du lin mais contrôlait toujours 100% de la production à la distribution de ces 3 matières premières. L'hologramme qui montrait différents graphiques sur l'évolution des chiffres d'affaires du Groupe, laissa la place à une sphère bleutée légèrement inclinée sur elle-même. Marc pu y distinguer les différents continents et les petits points oranges qui représentaient chacune des filiales du groupe. Il commença à les compter mais laissa tomber au bout du dixième : Paris ; Singapour, Rio, New-York, Bombay, Jakarta, Pékin, Moscou, Sydney, Tokyo…

Si Difalco, souhaitait rassurer Marc sur la solidité du groupe, il avait réussi son coup. La présentation se termina par autre léger déclic, le projecteur regagna sa place au sein de la table et la lumière revient complètement dans le bureau.

— Maintenant que vous nous connaissez un peu mieux, je vais vous présenter notre programme Kobalth. Dans votre cas Il permet de faire table rase du passé, en levant l'hypothèque sur votre maison, et en vous permettant d'intégrer une de nos filiales. Grace à nos actifs nous négocions en gros auprès des organismes d'hypothèque afin d'obtenir les meilleurs taux, ensuite c'est sur votre épargne salariale que les fonds sont utilisés pour payer les traites, ainsi vous conservez 100% de votre salaire et repartez du bon pied. Nous gérons en général une vingtaine de dossiers tels que le votre par mois, vous imaginez que la liste d'attente est assez longue, et le montage relativement complexe. Votre chance c'est que j'ai eu un désistement d'une personne qui avaient sensiblement les mêmes compétences et les mêmes dettes que vous ». Du coup il n'y a que très peu d'ajustement à effectuer. Vous aurez juste à remplir un questionnaire médical suivi de quelques tests complémentaires, et le tour sera joué. Quand dites-vous Mr Graime ?

Décidément il faisait très chaud dans ces les bureaux, Marc avait écouté Difalco d'une oreille un peu distraite ; il avait essentiellement retenu « lever votre hypothèque… » Et « …100% de votre nouveau salaire… ». Si cette boite faisait du rachat de crédit et cabinet recrutement en même temps : cela lui allait très bien !

— Ma foi, je suis très intéressé, je signe où ? répondit Marc en riant pour donner le change. Plus sérieusement, vous pensez que mon dossier ne posera pas de problème ? J'avais quand même contracté deux hypothèques plus quelques crédits révolving … »
— Ne vous inquiétez pas, le tranquillisa Difalco, nous avons l'habitude de gérer des dossiers trois à quatre fois plus conséquents que le votre. Ce sera une simple formalité.

— Je vous laisse remplir notre questionnaire médical puis vous pourrez rencontrer Magda pour votre visite de contrôle. Quelle heure est-il ? 10h15.., vous devriez avoir fini avant midi je pense. On fait comme ca ?

Difalco lui tendit un dossier constitué de quatre pages composés des questions habituelles : état civil, antécédents familiaux, allergies, maladies chroniques, etc. Marc avait l'habitude de ce genre de document, il le remplit en moins de cinq minutes puis, satisfait il signa le dossier et le déposa sur le bureau en face de lui.

— Voilà, je pense que tout y est.

Difalco parcouru, rapidement le document tout en bipant la doctoresse.

— Magda ?, M. Graime est à vous pour la visite, vous pouvez nous rejoindre ?

Deux minutes plus tard, une grande femme d'une cinquantaine d'année entra dans le bureau. Elle avait les cheveux tirés en arrières, de grands yeux bleus et un air détaché.

— Bonjour Mr Graime, docteur Kosloff, si vous voulez bien m'accompagner pour votre entretien médical, nous n'en aurons pas pour très longtemps.

Marc se leva et suivi le docteur jusqu'à son cabinet. La salle avait à peu près les mêmes dimensions que le bureau de Difalco et, à l'exception d'une décoration un peu plus austère et de la table d'auscultation sur la partie gauche, complétée par une petite armoire médicale, on aurait pu se trouver dans le bureau d'un commercial de Kobalth. La doctoresse reprit le questionnaire de Marc puis lui expliqua les examens qu'elle allait pratiquer pour compléter son dossier :

-    un test visuel

-    un test auditif

-    une analyse sanguine

-    une vérification de sa tension.

Les tests visuels et auditif furent une formalité : Marc avait 12/10ème à chaque œil, et une audition plus qu'honorable pour son âge. C'était plutôt l'analyse sanguine qu'il appréhendait. Vu sa consommation régulière de whisky depuis ces deux derniers mois, il craignait d'être recalé pour alcoolisme chronique ! La doctoresse lui tendit un petit boitier électronique à peine plus grand qu'un stylo, muni d'une minuscule aiguille. Marc prit l'appareil, se piqua l'index de la main gauche puis lui rendit le boitier attendant le verdict. Le docteur Kosloff connecta le boitier à son ordinateur et les résultats s'affichèrent instantanément. Elle regarda les différents tableaux puis jeta un œil à Marc par-dessus son écran.

— Vous avez fait la fête hier soir ?

— Heu... oui... balbutia Marc, « un anniversaire, vous savez ce que c'est... »

— Tant que cela reste exceptionnel.

« C'est ca » : exceptionnel depuis deux mois se dit Marc.

— J'en ai presque fini, je vais vous demander de vous allonger afin que je vous ausculte. »

Marc s'étendu sur le lit, celui-ci enregistra instantanément son poids et sa taille qui s'affichèrent sur l'écran de la doctoresse [1m85 – 78,3 Kg]. Elle termina son examen en prenant sa tension et son pouls.

— Vous avez un cœur de grand sportif » s'étonna-t-elle, « 55 pulsations /minutes, c'est bien, très bien même » Voila, j'ai terminé, vous êtes apte ! lui dit-elle avec un petit sourire. Vous pouvez patienter dans notre salon, monsieur Difalco va finaliser votre dossier d'inscription et viendra vous chercher.

Elle ouvrit une porte attenante à son bureau et s'effaça pour laisser passer Marc. Assez semblable à l'accueil, ce salon possédait également une vue magnifique sur la Seine et comportait suffisamment de canapés en cuir pour accueillir un régiment ! Des rafraichissements et des sandwichs étaient disposés sur des tables basses, et plusieurs écrans plasma diffusaient des reportages sur les différentes activités du groupe. Mais il faisait toujours aussi chaud ! Marc s'affala littéralement dans le premier canapé à sa portée et jetta un œil distrait à l'écran du fond de la pièce qui lui faisait face. Puis il s'intéressa de plus près aux différentes boissons qu'il avait à sa disposition : jus de goyaves, mangues, cranberry… de quoi étancher la soif qui le tenaillait. Il bu un grand verre de jus de goyave, suivi d'un second, puis attrapa un sandwich club saumon/fromage frais dont il ne fit qu'une bouchée. Quand il repensait à sa matinée il ne s'en tirait pas si mal que ça et le coup de téléphone de sa banque lui paraissait très lointain. Il avait à priori solutionné ses deux principaux problèmes puisque son hypothèque allait être levée et que Kobalth avait également un poste à lui proposer. Il essaya d'écouter le reportage sur les télécommunications gérées par le groupe, mais il avait de plus en plus de mal à se concentrer. Les sons lui parvenaient comme étouffés et la pièce devint de plus en plus blanche. Il s'efforça de se concentrer mais il en était incapable. Le voile se fit total et il perdit connaissance.

Chapitre 2 – Le réveil

Une impression de grand flou blanc, accompagnée d'un ronronnement diffus furent les seules sensations que pu ressentir Marc pendant longtemps, puis une voix lointaine se fit de plus en plus distincte.

— Mr Graime, M. Graime ? Nous sommes arrivés, est-ce que vous m'entendez ?

Marc voulait répondre mais il se sentait trop faible, sa bouche était pâteuse et il était incapable d'effectuer le moindre mouvement, il réussit cependant à ouvrir légèrement ses paupières. La voix le rassura :

— Ne vous inquiétez pas, les effets du voyage vont se dissiper rapidement.

« Quel voyage ?? » Tout était flou dans sa tête, il avait un vague souvenir d'avoir passé un entretien puis plus rien, impossible de se remémorer la suite… Il sentit une légère brulure dans son bras droit, puis une sensation de chaleur inonda tout son corps. Il reprit peu à peu ses esprits. Marc se trouvait dans une immense salle baignée d'une lumière crue, plusieurs personnes en blouses bleues l'entouraient. Il était allongé sur un lit et fini par reconnaitre la voix qu'il venait d'entendre : elle appartenait à une jeune femme d'une trentaine d'années. Elle paraissait diriger les opérations et devait être médecin.

— Bonjour M. Graime, je m'appelle Sylvia Kosloff, je viens de vous faire une injection, vous serez rapidement sur pieds, mais avant cela, nous devons pratiquer une petite intervention de quelques minutes.

Marc était incapable de protester ni de faire quoi que ce soit, il sentit une seconde piqure puis il vit qu'une transfusion était installée dans son bras. Déjà l'anesthésie faisait son effet et il replongea dans le néant.

Quand Marc repris connaissance, il avait été transféré dans une chambre. Il se sentait légèrement mieux mais son bras gauche était très engourdi et recouvert d'un énorme bandage. Depuis combien de temps se trouvait-il-là ? Il n'eut que peux de temps pour y réfléchir car la porte de la chambre s'ouvrit : c'était le docteur Kosloff qui lui rendait visite.

— Rebonjour M. Graime, votre opération s'est bien déroulée, nous pourront ôter votre bandage dès ce soir, et vous serez sur pieds dès demain matin.

— Quelle opération ?!? hurla Marc, de quel droit m'avez-vous opéré et d'abord où suis-je ???

— Calmez-vous M. Graime, nous vous avons simplement appareillé avec un bracelet de sûreté. Vous êtes dans l'astroport de la Planète Estyniad, concession minière du groupe Kobalth. Vous avez autorisé votre employeur à prendre toutes les mesures de sécurités inhérentes à votre nouvel emploi, et la pose de ce bracelet fait partie de ces dites mesures. Regardez, c'est écrit noir sur blanc dans le dossier que vous avez signé chez Kobalth, il y a un peu plus de vingt mois.

Elle lui tendit un dossier et Marc reconnu celui qu'il avait effectivement signé lors de son entretien, mais comment se faisait-il qu'il n'ait aucun souvenir de ses vingt derniers mois ?

> — Je comprends votre étonnement, vous avez voyagé à bord d'un cargo spatial pendant vingt mois et vous avez donc passé cette période en hypersommeil. Ce soir vous aurez une séance d'acclimatation suivi d'un dîner, mais d'ici là vous devez vous reposer. Les connexions du bracelet, ne sont pas tout à fait cicatrisées.

Marc était abasourdi : un voyage de vingt mois dans un cargo spatial, la pose de ce bracelet et le réveil dans cet astroport, c'en était trop : il fut pris de vertiges et retomba dans le fond de son lit en proie à un sommeil agité.
Il fut réveillé en sursaut vers dix huit heures par des bruits dans le couloir. La première chose qu'il fit fut d'examiner son bras gauche espérant avoir fait un horrible cauchemar mais le bandage était toujours là, son bras paraissait en revanche moins ankylosé. Il sentait deux points dans le poignet qui l'élançaient à intervalles réguliers. Deux infirmières l'aidèrent à prendre place sur un fauteuil magnétique puis elles le conduisirent dans la salle d'acclimatation située à l'étage inférieur. Marc prit le parti d'obtempérer : il lui fallait avant toute chose reprendre des forces et en savoir plus sur sa situation. Dans son état il était de toute façon incapable d'entreprendre quoi que ce soit.

La salle d'acclimatation était une gigantesque pièce bordée d'ordinateurs, avec en son centre, un machine composée de trois grands anneaux concentriques avec des sangles pour y accrocher une personne les bras et les jambes en croix. Au fond de la pièce Marc reconnu Sylvia.

— M. Graime, je vous attendais, nous allons vous acclimater à Estyniad et effacer les dernières courbatures de votre voyage. Veuillez prendre place dans le cyclo-clim, je vous prie.

Marc s'exécuta et la doctoresse lui accrocha les bras et les jambes en lui expliquant que la séance ne durerait qu'une quinzaine de minutes. « Je suis l'homme de Vitruve, se dit Marc ». La machine commença à tourner d'abord lentement puis accéléra de plus en plus à chaque tour. Marc sentit ses yeux se révulser et sa tête partir en arrière, il avait à la fois la sensation de tomber et d'être centrifugé en même temps. Il finit par perdre connaissance. Le docteur Sylvia Kosloff interrompit la séance quinze minutes plus tard et l'aida à s'extraire de cyclo-clim. Il fallut à Marc quelques instant pour retrouver ses esprits mais bizarrement il se sentait beaucoup mieux qu'en entrant tout à l'heure. Le docteur pris son pouls et sa tension puis l'invita à prendre place sur ce qui ressemblait à un vélo d'appartement pour un test d'effort monitoré. Harnaché d'électrodes, avec un respirateur dans la bouche il se dit qu'il était finalement devenu un rat de laboratoire. Les premiers coups de pédale furent compliqués, mais au bout de quelques minutes il récupéra ses sensations et termina l'exercice sans problème. Le docteur analysa les données vitales transmises par les électrodes et compléta le dossier de Marc en inscrivant dans la case affectation : « Ok pour Foreur » et apposa sa signature en bas du rapport.

— Foreur ? Cela veut dire quoi ce truc ?

— On vous expliquera tout cela demain matin M. Graime, pour l'instant ce dont vous avez besoin c'est d'un bon diner et d'une bonne nuit de sommeil. A oui ! j'oubliais, vous n'avez plus besoin de ce bandage.

Alors que la doctoresse retirait progressivement la bande de son bras, Marc découvrit avec horreur ce bracelet métallique de couleur bleu nuit, littéralement enfiché dans son avant bras gauche. Il était au bord de la crise de nerf et ne savait pas s'il allait éclater de rire ou bien se mettre à hurler. Pourtant la seule chose qui lui vint à l'esprit ce fut :

— A quoi ca sert ?

— Ceci ? c'est votre bracelet de sureté, il mesure en permanence vos fonctions vitales et vous indique entre autre, votre état de santé et les constantes du milieu dans lequel vous évoluez. On vous expliquera tout cela en détail demain matin.

Marc senti un léger picotement au niveau de son poignet gauche et se senti tout à coup plus détendu. Pour l'instant l'écran du bracelet lui indiquait l'heure et son rythme cardiaque et cela lui allait très bien. Il fut escorté par deux colosses portant un uniforme gris-mauve, ils devaient faire chacun un mètre quatre-vingt-quinze et au moins une centaine de kilos ; et comme si cela n'était pas suffisant pour dissuader Marc de tenter quoi que ce soit, ils portaient à la ceinture un pistolet électrique. L'écusson sur l'épaule gauche de leur veste indiquait : « SECURITE – Astroport d'Estyniad ». La doctoresse disait donc vrai, il n'était plus sur Terre ! Marc essaya d'entamer la conversation mais n'obtint que des grognements peu engageants.

Quelque chose dans leur regard et dans leur visage ne paraissait pas humain…

Ayant emprunté un ascenseur puis une coursive qui devait longer une grande partie de l'astroport, ils arrivèrent enfin à la cafeteria. Elle n'était pas aussi grande que la salle d'acclimatation, Marc compta une vingtaine de tables mais ce qui attira surtout son attention c'était cet énorme hublot ovale, qui occupait une bonne partie du plafond et qui donnait sur l'espace intersidérale ! Le self s'étalait au fond de la salle. Pour un peu, Marc se serait cru de retour dans la cantine de son collège. Il prit un plateau et une cuillère pour commencer et s'avança dans la file. Il cru d'abord que le self n'était pas ouvert car il ne voyait aucun plats ou récipients pour se servir, puis quand vint son tour il découvrit une sorte de distributeur qui remplit les espaces moulés dans son plateau avec une gelée jaune pour l'entrée, une gelée rouge dans le récipient du milieu en guise de plat et pour finir une barre de céréales tomba dans l'emplacement réservé au dessert. Se retrouvant au bout du self, il prit une canette qui devait être de la bière et entreprit de se trouver une place. Il n'avait pas forcément envie de discuter mais il voulait surtout découvrir ce qu'il l'attendait.

Il se dirigea vers une table située sous le hublot et qui était déjà occupée par quatre autres personnes, en grande conversation. Marc s'installa à la table et salua ses congénères.

 — Salut, lui répondirent-ils en détournant à peine les yeux vers lui.

 — Moi c'est Marc, je dois être là depuis ce matin, enfin je me suis réveillé ce matin, et vous ?

Ils finirent par arrêter leur conversation et lui prêtèrent un peu d'attention. Le plus vieux d'entre eux, un petit homme d'une cinquantaine d'années, plutôt bien portant, se présenta :

— Je m'appelle Thierry, et voici Kevin, Gino et John. Tu as du bol de débarquer, nous on poirote là depuis six jours : il n'y a qu'un vol par semaine pour accéder à la concession. On en peut plus de cette bouffe et de cet astroport ! Tu étais dans quoi toi, avant toute cette merdre ?

— Je bossais sur Paris dans une boîte de Supraconducteurs mais j'ai été licencié voilà deux mois, enfin deux moins avant d'arriver ici.

Kevin, un grand rouquin aux yeux verts, lui expliqua qu'ils étaient tous les quatre dans une société de Télécom sur Lyon qui avait été rachetée l'année dernière par Kobalth et qu'ils s'étaient retrouvés ici suite à une restructuration de leur service.

— Ouais, j'ai l'impression qu'on s'est bien fait baiser sur ce coup là, conclut Gino, dont l'accent trahissait ses origines italiennes.

Les quatre compères lui proposèrent de se joindre à eux pour le reste de la soirée. Marc offrit une tournée de bière à ses nouveaux compagnons d'infortunes pour celer leur amitié, et le reste de la soirée se termina un peu mieux qu'elle n'avait commencé.

— Je vois que nous avons tous cette saloperie de bracelet au poignet, vous avez eu le temps de l'étudier un peu, demanda Marc ?

— Plus ou moins fit John qui devait être le geek du groupe, l'écran tactile est en parti verrouillé, du coup on a accès à très peu de fonctions mais vu les capteurs et la taille de l'engin, cela ne m'étonnerait pas qu'on ait une bête de course au poignet : un truc comme vingt ou trente fois plus puissant que le dernier SamPhone 22. Le plus étrange ce sont les deux sondes que tu as du sentir dans ton bras, elles semblent directement connectées dans tes veines et ton système nerveux, d'ailleurs certains sont là depuis plus de quinze jours à cause d'un problème de greffe. Certains parlent aussi de géo-traceurs, avec ça ils doivent savoir exactement où nous sommes en permanence.

— Et vous avez quelles affectations demanda Marc ?

— Tiens, regarde c'est là, lui indiqua John en pianotant sur l'écran de son bracelet : F pour Foreur, C pour Chargeur et S pour Sondeur.

A part Thierry qui était chargeur, tout le reste du petit groupe avait été affecté dans l'équipe des foreurs ou des sondeurs. Marc se retrouvait avec John tandis que Gino et Kevin faisaient équipe ensemble.

— Pour le moment c'est tout ce que l'on sait, indiqua Thierry, on en apprendra plus demain matin au briefing.

Les lumières de la cafeteria diminuèrent d'intensité et une voix de synthèse leur indiqua qu'il était vingt trois heures et qu'ils avaient trente minutes pour regagner leurs couchettes.

> — Tu veux voir un truc ? proposa Gino. Depuis six jours qu'on est là, on a eu le temps de fouiner un peu…

Ils se levèrent, se mêlèrent aux autres qui quittaient la cafeteria mais tournèrent sur la gauche juste après avoir quitté la salle.

> — Viens c'est par là !

Gino ouvrait la marche, suivi de près par le reste du groupe, Kevin légèrement en retrait, s'assurait qu'ils n'étaient pas suivis. Après avoir emprunté un ascenseur et une coursive de service, ils arrivèrent devant une porte de secours dont l'accès n'était pas contrôlé par badge. Gino appuya sur la poignée d'ouverture et se poussa pour laisser passer le reste du groupe. Marc n'en cru pas ses yeux : ils étaient dans un immense hangar, sur une passerelle qui surplombait la scène d'une bonne trentaine de mètres et là, en bas, s'étalaient trois immenses cargos aux couleurs du groupe Kobalth. Chacun devait faire une centaine de mètres de long et possédait quatre énormes propulseurs à l'arrière du fuselage.

> — C'est avec ca qu'on est arrivé lui expliqua John, impressionnant hein ?

> — Tu m'étonnes balbutia Marc, il en arrive souvent ?

Kevin lui expliqua que depuis six jours c'était le troisième qui arrivait. Le dernier s'était posé hier matin.

— Et demain, c'est la dedans qu'on descend pour Estyniad   ?

— Je ne suis pas sûr fit John, tu as vu le monde au réfectoire ? On devait être une trentaine je pense, et ce genre d'engin consomme un max ! Non je pense qu'ils ont d'autres vaisseaux qui doivent faire la navette entre l'astroport et la planète.

— Venez ne restons pas là fit Thierry, ils éteignent dans dix minutes, évitons de nous faire remarquer pour le moment.

Les cinq comparses firent demi-tour et regagnèrent l'étage inférieur, puis prirent le chemin des dortoirs. Marc s'installa dans une des rares couchettes qui était encore libre et s'endormi en quelques secondes.
Il fut tiré de son sommeil par une vive lumière et cette voix de synthèse qui leur indiqua qu'il était six heures trente et qu'ils avaient trente minutes pour déjeuner et se doucher avant le briefing de sept heures. Ses compagnons de tablée de la veille étaient déjà tous à table quand Marc entra dans la cafeteria. Marc ne s'attendait pas à des croissants, mais il aurait vendu père et mère pour un jus d'orange et un bon café ! Au lieu de cela c'était le même plateau, les mêmes gelées que la veille. Le déjeuner fut vite expédié et il en fut de même pour la douche. Tout le monde était impatient d'apprendre ce qu'ils allaient devenir, la tension était palpable. A 6h50 la voix de synthèse retentit de nouveau pour leur indiquer que le briefing se tiendrait en salle B-12T. Une fois de plus, Gino leur servi de guide et les fit passer par deux couloirs de services, de tel sorte qu'ils arrivèrent les premiers au briefing et purent s'installer au premier rang, juste devant l'écran.

La salle était pleine à craquer, elle comportait deux groupes d'une vingtaine de chaises postées de part et d'autre de l'estrade située devant l'écran mural ; mais beaucoup de personnes demeuraient debout. Un homme d'une cinquantaine d'années, portant l'uniforme du groupe, prit place sur l'estrade. La lumière baissa d'intensité et le brouhaha avec. Marc remarqua une autre porte située à gauche de l'estrade, gardée par deux gardes équipés d'oreillettes et il ne fut pas surpris d'en voir deux autres en faction devant la porte par laquelle ils étaient rentrés. La présentation commença par un film rappelant les activités du groupe, puis se focalisa sur l'extraction minière du Cobalt et la prospection spatiale. Ayant épuisé les ressources terrestre, Kobalth prospectait sur d'autres planètes depuis 2025.

Chapitre 3 – Le briefing

Adham Léggor repris la parole dès la fin du film :

> — Messieurs, vous avez la chance d'avoir été sélectionnés par Kobalth pour participer à cette formidable aventure. C'est une nouvelle conquête de l'ouest qui débute à l'ouest de notre Galaxie et Kobalth vous a choisis pour y prendre part. Vous allez descendre d'ici quelques minutes sur la planète HD 40307b, rebaptisée Estyniad par Kobalth lors de l'achat de la concession. Puis vous suivrez une formation de soixante-douze heures afin d'assimiler toutes les techniques dont vous aurez besoin dans votre nouveau poste. Toutes les informations nécessaires pour votre vie sur Estyniad vous seront transmises par votre bracelet. A commencer par la durée de votre mission sur cette planète.

L'écran se ralluma pour présenter une vue agrandie de l'écran du bracelet. Un compteur en bas à gauche, s'entoura en rouge-orangée avec la mention « Reste : xxxx » Instinctivement, Marc regarda le sien et découvrit avec horreur « Reste : 1825 »

> — Ce compteur indique le nombre de jours restant pour votre mission.

Il y eu des cris de protestation dans le fond de la salle, deux hommes s'étaient levés furieux et avaient gagné la porte. Les gardes rejoins par cinq autres membres de l'équipe de sécurité, qui s'étaient fondus dans l'assistance, leurs firent immédiatement barrage. Marc entendit deux décharges électriques et découvrit en se retournant les deux « renégats » effondrés au sol inconscients.

> — Un peu de calme, messieurs, je vous rappelle que c'est une chance immense de pouvoir participer à cette opération.

Il y eut du bruit dans l'assemblé puis le calme revint progressivement. Marc perçu un picotement dans son poignet gauche, puis se senti d'un coup beaucoup plus calme. Adham Léggor repris sa présentation.

> — Vous avez été affectés à trois postes distincts selon vos aptitudes. Il s'agit des trois corps de métier nécessaires à l'exploitation du cobalt : les Foreurs seront en charge de l'extraction du cobalt dans les carrières souterraines. Les Chargeurs seront responsables de l'acheminement du cobalt dans les cargos. Et pour finir, les Sondeurs auront pour tache la prospection et la découverte de nouveaux filons. Je vais vous faire un rapide historique de la concession, puis je vous présenterai son organisation et nous finirons avec les questions d'ordre pratique.

L'écran se ralluma et Adham Léggor leur présenta une portion de territoire de quatre kilomètres carrés, comportant une vingtaine de bâtiments disposés en étoile.
Voici City-0 : Elle a été fondée en 2030 sur le site A-26 repéré par la sonde orbitale lors de la seconde mission de prospection.

Ainsi, la planète Estyniad avait été explorée par le groupe Kobalth dès 2028, la première mission avait permis de mettre en avant le potentiel minier de cette planète en matière de cobalt. Puis le groupe avait organisé une seconde mission destinée à choisir le meilleur emplacement pour la concession. Ce n'était qu'à partir du troisième voyage que la terra-formation avait commencé avec l'arrivée d'une équipe de quinze pionniers qui avait mis en place les fondations de City-0 et préparé l'arrivée des futurs mineurs. La concession avait commencé son activité depuis 2032. Le terme de « City » amusa Marc, en effet les bâtiments qui composaient City-0 avait été télé-imprimés. Ils étaient constitués d'un mélange de graphite et de kevlar et les éléments qui les composaient : cloisons, sols, sas d'entrée avaient été « imprimés » sur place par les pionniers à l'aide de 2 simples machines semblables à des imprimantes 3D. Ainsi il avait été facile d'acheminer les deux imprimantes et quelques containers de granulés qui composaient l'alliage de kevlar et de graphite. Le résultat était pour le moins étonnant : les bâtiments se situaient à mi-chemin entre une station orbitale de type ISS et des cabanes de chantiers. Au centre de City-0 se trouvait le poste de commandement et disposés tout au tour les entrepôts, les dortoirs et le « Dôme » qui abritait le réfectoire, les douches et les espaces de repos.

Le portrait qu'Adam Léggor leur brossa des conditions climatiques n'avait rien de réjouissant : une température de -120 C°, une obscurité de vingt et une heure suivi de trois heures d'une lumière aveuglante, et pour couronner le tout, des vents soufflant jusqu'à 180km/h qui balayaient fréquemment la surface de la planète. Le paysage ne valait pas mieux : des chaines de montagnes et des plateaux rocheux à perte de vue. Il était visiblement très fier de leur apprendre que la planète en était au niveau deux de terra-formation ce qui en clair, voulait dire que l'air était devenu respirable.

Adam Léggor poursuivit son exposé par l'exploitation du cobalt et leur indiqua que depuis trois ans, Estyniad avait déjà produit quarante terra-tonnes de cobalt, ce qui la plaçait au vingtième rang des concessions du groupe et au cinquantième rang mondial.

> — Je vais vous parler à présent de l'organisation de la concession. City-0 est administrée par le commandant Jorgen. Il administre la ville et gère la production de la concession. Un chargement de cobalt décolle pour l'astroport tous les sept jours. Il provient des trois filons actuellement en activité au Nord, à l'Est et au Sud Est de City-0. Vous aurez un jour de repos par semaine et vous travaillerez du lundi au samedi. Votre solde vous sera versée tous les soirs et sera disponible en permanence depuis votre bracelet. Vous réglerez également vos dépenses à l'aide du bracelet. Vos frais de repas seront prélevés directement sur votre solde. En revanche, santé et assurances sont entièrement prises en charge par Kobalth. Vous aurez une visite médicale de contrôle tous les mois. Sur place c'est le docteur Sylvia Kosloff qui est en charge des questions médicales. Quant à moi, je dirige cet astroport et suis responsable des convois terrestres. Vous arriverez sur Estyniad d'ici deux heures. Vous aurez une visite complète de City-0 et vous pourrez commencer votre formation technique dès demain matin. Cette formation est également prise en charge par le groupe. Vous serez donc opérationnels dès jeudi matin. Des questions ?

Les gardes mains sur leurs pistolets électriques et les bracelets enserrant un peu plus encore les bras des nouveaux arrivants dissuadèrent quiconque de protester.

> — Bien, conclut le directeur de l'astroport, dans ce cas, rendez-vous en salle d'embarquement, la navette appareil dans moins d'une heure.

Marc avait du mal à réaliser la situation : « Je suis entrain de cauchemarder se dit-il, un cauchemar assez réaliste, certes, mais je vais me réveiller… » C'est un coup de coude qui le fit sursauter et le tira de ses pensées : Gino l'avait rejoint.

> — Tu as vu ça, on est fait comme des rats ! Tu as pris combien toi ?

> — Hein ? ah ! heu… mille huit cent vingt cinq jours et toi ?

> — Sept cents soixante deux... fit Gino, visiblement un peu soulagé d'avoir trouvé quelqu'un de moins bien loti que lui.

> — Vient les autres sont là-bas, suis-moi, je connais un moyen d'éviter la queue pour l'embarquement.

Gino et Marc jouèrent des coudes pour rejoindre le reste du petit groupe. Apparemment Thierry était très remonté.

> — J'ai croisé un avocat tout à l'heure avec lui je suis sur qu'on peut les faire cracher. Je veux dénoncer les méthodes de Kobalth, ça ne se passera pas comme ça ! John, il faut que j'envoie un mail, tu

m'entends ? Débrouille-toi pour me trouver un accès au Net.

— C'est-à-dire qu'on a voyagé vingt mois, donc on est à peu près à un virgule deux année-lumière de la Terre. Même si je te trouve une connexion, ton mail mettra vingt mois à arriver sur Terre…

— Quelle merde... soupira Thierry.

Kevin à côté ne pipait mot, ses épaules s'étaient affaissées et il paraissait hagard : il avait visiblement du mal à encaisser la nouvelle.

La salle se vidait. Comme à son habitude, Gino leur servi de guide et les mena à travers les couloirs de services jusqu'à la salle d'embarquement.

Chapitre 4 – Estyniad

La salle d'embarquement ressemblait à un détail prêt à la salle du briefing : elle comportait des casiers contenant des combinaisons de vol. Tous trouvèrent facilement leur casier grâce au numéro qui s'afficha sur leur bracelet au moment où ils rentrèrent dans la salle. Marc enfila sa combinaison grise par-dessus ses habits et ajusta ensuite ses bottes et ses gants. Dans quelques minutes ces hommes fouleraient le sol d'une autre planète mais étrangement, pour le moment chacun était concentré sur sa nouvelle tenue. Ainsi harnachés on aurait pu les prendre pour une équipe de skieurs alpins les skis en moins.

Une fois équipés, ils furent appelés un à un par leur nom pour venir former trois groupes différents : ils étaient dix foreurs, dix sondeurs et dix chargeurs. Un responsable leur expliqua les consignes de vols et les règles de sécurité à respecter durant la descente. Elles étaient simples : Rester harnaché à son siège jusqu'à extinction des réacteurs et se recroqueviller, tête dans les genoux, au moment de l'impact. Il y avait des masques en cas de dépressurisation mais ils ne s'activeraient qu'à partir de dix mille mètres. De toute façon, avant ce niveau, tout incident de dépressurisation signifiait une dislocation de la navette dans la stratosphère !

Ils furent conduits ensuite dans un sas qui donnait accès à la navette. Marc pu l'entrapercevoir par une des fenêtres qui donnait sur le hangar : un long cigare d'acier d'une trentaine de mètres posé sur un socle circulaire muni de quatre réacteurs faisant également office de train d'atterrissage. Aucun hublot n'était apparent et de l'extérieur, vu sa petite taille, il était difficile d'imaginer que trente hommes pourraient y prendre place. Ils montèrent par une échelle d'acier jusqu'à son sommet et delà empruntèrent une trappe rectangulaire pour se glisser à l'intérieur. Seul le centre de la navette était habitable, deux échelles qui courraient jusqu'en bas permettaient d'accéder aux 4 étages qui composaient l'habitacle. Le premier étage était réservé au poste de pilotage. Les deux pilotes étaient déjà entrain de saisir les paramètres de vol. Les trois autres étages étaient destinés aux mineurs, chacun d'eux était composé de dix sièges disposés en cercle autour du sas de descente. Marc du descendre jusqu'au troisième étage pour se trouver une place. Une fois sa ceinture bouclée, il se rendit compte qu'en se penchant légèrement en avant il pouvait apercevoir le fond de la fusée et l'unique hublot central qui s'ouvrait dans le bas de la navette, entre les quatre réacteurs. « C'est bien ce dit il, en cas de crash, je suis aux premières loges… »

Le dernier mineur venait de boucler sa ceinture quand un léger bruit se fit entendre au sommet de la navette. L'officier venait de refermer la trappe. Un intercom grésilla et une voix raisonna dans tout l'habitacle :

— Ici Eric Montoya votre pilote, nous décollons pour Estyniad dans quelques instants. La descente devrait durer environ vingt minutes. Nous allons être relativement secoués avant l'atterrissage car il y a pas mal de vent en surface cet après-midi, mais la vue est dégagée et pour ceux qui resteront conscients, le spectacle promet d'être grandiose. Rester bien attachés jusqu'à extinction des réacteurs. Nous vous souhaitons une bonne descente.

L'intercom grésilla puis ce fut le silence. Un silence relatif, puisque peu de temps après un ronronnement se fit entendre tout autour de la navette. Les compresseurs des réacteurs tournaient à plein régime. La lumière dans l'habitacle s'atténua progressivement puis se fut le noir complet troublé uniquement au sommet par les lueurs du poste de pilotage. Enserrés dans leurs sièges les mineurs attendaient les premiers mouvements de la navette avec anxiété. Marc reconnu Thierry assis en face de lui, visiblement il n'en menait pas large. Il y eu une légère secousse et ils sentirent la fusée se soulever légèrement. Le rayon tracteur venait de s'activer et maintenait la navette à trois mètres au dessus du sol du hangar. Un bruit assourdissant surpris tout le monde et Marc en se penchant remarqua que le sol sous la navette s'ouvrait lentement, laissant apparaitre l'espace, et dans l'axe du hublot, une planète d'un gris-bleuté de la taille de la Lune : c'était la fameuse Estyniad.

En deux minutes le sas s'était complètement ouvert et le rayon tracteur se coupa d'un seul coup, laissant plonger la navette dans l'espace. Les réacteurs s'allumèrent enfin et le bruit dans l'habitacle fut assourdissant. La navette accéléra sa descente vers Estyniad et commença à tourner sur elle-même de façon vertigineuse. Marc comprenait brutalement l'intérêt de sa séance de cyclo-clim de l'avant-veille. Il s'agrippa à son siège et serra les dents. Il voulait à tout prix suivre la descente par le hublot. Les premiers passagers commençaient déjà à perdre connaissance. Leur tête s'affaissait sur leur poitrine. Au quatrième et dernier étage, ils n'étaient déjà plus que quatre à tenir le coup mais Marc n'avait plus la force de se pencher pour apercevoir la planète. Elle avait depuis quelques secondes envahit complètement la surface du hublot. Il était plaqué dans le fond de son siège, sa tête tournait affreusement et surtout il avait l'impression de peser au moins cinq fois son poids. Le voile noir survint peu de temps après et il plongea à son tour dans les ténèbres, incapable de lutter d'avantage.

Ce furent les secousses des rétrofusées qui le réveillèrent. Plusieurs alarmes s'étaient déclenchées en raison de la force des vents et la petite navette était secouée dans tous les sens. Marc au bout d'un effort surhumain, se pencha vers le hublot et découvrit d'abord quelques nuages éparses puis, d'immenses masses rocheuses de couleur noire : il faisait nuit sur Estyniad. Il était incapable d'estimer leur altitude. Ce furent l'intercom et la sirène d'atterrissage qui répondirent à sa question.

— Messieurs, préparez-vous pour l'impact, nous arrivons sur Estyniad dans deux minutes. Cramponnez-vous les vents sont très violents.

Ces deux minutes lui parurent une éternité, la sirène avait fini par réveiller l'ensemble des passagers et chacun attendait l'impact, genoux recroquevillés et tête dans les bras.
— Impact dans trente secondes !
— Allumage des stabilisateurs.

Un sifflement suraigu emplissait l'habitacle, c'était le vent qui s'additionnait à la vitesse de la navette.

— Impact dans dix secondes !
— Correction de trajectoire, rétrofusées niveau quatre.
— Impact dans cinq secondes.
— trois, deux, un… Impact !

Le choc fut terrible et Marc faillit être propulsé hors de son siège, puis le calme revint progressivement et les réacteurs finirent par se taire.

> — Messieurs, bienvenue sur Estyniad, il est dix-sept heures vingt-cinq, la température au sol est de - 120 degrés Celsius. L'équipe d'accueil va vous prendre en charge et vous conduire à City-0.

La trappe s'ouvrit et une trentaine de filins descendirent par le sas.

> — Accrocher un filin à votre harnais, vous allez être treuillé jusqu'à l'extérieur.

Marc ne voyait pas trop l'intérêt de cette opération mais une fois sa ceinture détachée, il fut incapable de se tenir debout. La descente l'avait littéralement exténué. Chacun accrocha donc un mousqueton à son harnais et ils furent extraits de la navette par grappe de dix, tels des commandos suspendus à leur hélicoptère.

A l'extérieur ils découvrirent la grue qui les descendait jusqu'au sol et deux véhicules tout terrain à six roues, postés le long de la navette. Le reste du paysage n'était que rocaille et poussière et à part quelques traces au sol et une balise, rien ne marquait la présence d'une quelconque piste d'atterrissage. Cinq hommes les attendaient au pied de la navette. Le plus imposant des cinq, s'avança et pris la parole :

> — Au nom du commandant Jorgen et de toute la ville de City-0, je vous souhaite la bienvenue sur notre concession. Je suis Igor Brovnick, responsable de

la sécurité, prenez place dans les véhicules, nous avons un peu de route.

Chapitre 5 – City-0

Les trente mineurs prirent place à bord des deux camions. Les véhicules empruntèrent une piste rocailleuse
qui serpentait à travers les montagnes. Marc assis à
l'arrière du premier véhicule, essayait d'apercevoir un
maximum de paysage. Les deux lunes qui éclairaient faiblement le ciel projetaient les ombres des deux camions
contre les parois rocheuses. Marc pouvait deviner au loin
les contreforts rocheux d'une chaine de montagne très
imposante. C'est dans cette direction que la piste les menait.

Au bout de quarante-cinq minutes, Marc remarqua des
installations techniques sur la droite de la piste et quelque
chose qui ressemblait à une activité humaine.

— Sur votre droite vous apercevez la mine MSE-1,
   leur lança le chauffeur du véhicule, c'est elle qui
   fournit le plus gros de notre production cette année. Nous arrivons à City-0 dans quinze minutes.

La piste laissa la place à une route goudronnée légèrement plus praticable et le convoi accéléra son allure. Au
bout d'un énième virage, la ville apparue enfin. De la
route on distinguait essentiellement le poste de commandement, sorte de tour de contrôle un peu trop courte et on
apercevait dans le fond, la forme imposante du dôme qui
abritait l'espace de vie. Tout le reste de City-0 était mas-
qué par un mur d'enceinte noir d'au moins cinq mètres de
haut. Sur la gauche de la route à moins d'un kilomètre de
la ville s'étendait un champ de panneaux solaires de plusieurs hectares, bordé d'une rangée d'éoliennes.

Les camions stoppèrent devant l'unique porte qui ouvrait sur la ville le temps que celle-ci coulisse dans les parois du mur d'enceinte et les laisse enfin entrer dans City-0. Les deux camions empruntèrent l'axe principal et les déposèrent devant le dôme où le commandant Jorgen en personne était venu les accueillir. Une fois installés dans le réfectoire, ils eurent droit à un discours de bienvenue qui vantait l'importance de leur mission et les succès commerciaux du groupe Kobalth. Marc était partagé : d'un côté il se sentait honoré d'arborer l'insigne du groupe sur sa combinaison de mineur, fière d'être citoyen de City-0, et de l'autre il était révolté d'avoir été pris en otage et expédié à l'autre bout de la galaxie. Tout autour de lui ses compagnons d'infortune avaient les traits tirés et tout le monde paraissait exténué presque hagard. Le commandant Jorgen termina son discours en les invitant à se restaurer et profiter du buffet servi en leur honneur. Détail cocasse les écrans de leurs bracelets affichaient « Bienvenue à City-0 » dans une pluie de confettis multicolores.

Marc se rapprocha du buffet et fut ravi de retrouver son petit groupe de la veille occupé à exterminer un plateau de petits-fours qui avait eu la mauvaise idée de se trouver sur leur passage.

— Je vois que la descente ne vous a pas coupé l'appétit leur lança Marc en pouffant à moitié.

— Tu parles ! j'en pouvais plus de leur gelée là haut lui expliqua Kevin, la bouche à moitié pleine et les mains encombrées par deux magnifiques petites tartelettes aux fraises.

— Ici, au moins, la bouffe est meilleure !

Au fur et à mesure que le buffet était englouti les trente passagers de la navette retrouvaient petit à petit des couleurs et les visages commençaient à se détendre. Marc arrêta de compter à dix tartelettes et cinq mini éclairs au café, il était complètement rassasié et incapable d'avaler quoi que ce soit d'autre.

Il finit par échouer sur une des chaises qui restait dans le fond de la salle et laissa son regard errer sur la structure qui soutenait le dôme. Elle était composée de fines poutrelles en demi-sphères qui partaient du sol et s'élevaient à environ quinze mètres de haut. Ces poutres soutenaient le dôme en film translucide légèrement orangé, destiné à filtrer les UV et à apporter un maximum de luminosité dans cette espace de vie. Ce dôme avait quelque chose d'une bulle de savon posée sur une surface plane. A cinq mètre au niveau du sol, une mezzanine courrait le long de la voute et formait une promenade qui laissait apercevoir une multitude de plantes, sorte de jardin suspendu qui faisait le tour du dôme, entrecoupé de trois escaliers en colimaçon permettant d'y accéder. Le réfectoire occupait environ un quart du dôme et Marc se demanda qu'elle autres espaces abritait cette grosse demi bulle. Il était perdu dans ses pensés quand l'intercom du réfectoire les invita à se retrouver dehors pour une visite complète de la ville.

Kevin quitta le buffet à contrecœur poussé par John et Thierry impatients d'en savoir un peu plus sur ce qui allait être leur décor pendant un bon bout de temps. Les trente mineurs se retrouvèrent à l'entrée de dôme où quatre agents du groupe les attendaient à côtés des gyropodes qui leur serviraient pour la visite. Ils durent s'équiper de gants et de cagoules en fibre polaire ainsi que de masques pour se protéger du froid glacial.

La prise en main de ces véhicules électriques à deux roues fut l'occasion d'une belle partie de fou-rires. Les chutes étaient nombreuses et il fallut un bon quart d'heure au petit groupe pour maitriser leurs engins et retrouver un peu de calme. Marc oscillait lentement d'avant en arrière incapable de se stabiliser complètement. Le voyant de son engin était au vert et annonçait une heure trente d'autonomie. Quand à l'indicateur de vitesse il montait visiblement jusqu'à 25km/h. « Pourvu que l'on n'ait pas à aller aussi vite » se dit-il…

C'est une fois de plus Igor Borowicz, chef de la sécurité, qui encadrait la visite, placé en tête du groupe et escorté de deux agents il commença le parcours en empruntant le premier sentier sur la droite en direction de l'ouest de la ville. Les deux autres agents fermaient la marche et s'assuraient que le groupe conserve une bonne allure. Le sentier était recouvert de poussière et de graviers et les pneus des gyropodes étaient soumis à rude épreuve. Point d'asphalte ou de goudron, les rues de City-0 s'apparentaient plus à des pistes dans un désert rocailleux qu'à des rues commerçantes. Marc compta deux bonnes minutes à vive allure avant d'atteindre les premiers bâtiments au bout de la rue. C'étaient des bâtiments rectangulaires à un étage, munis de minuscules fenêtres, on aurait pu les confondre avec des baraques de chantier. L'accès se faisait par le côté de chaque bâtiment. Depuis la porte du rez-de-chaussée s'élevait un escalier métallique extérieur qui menait jusqu'à la porte du premier étage. Le petit groupe fit une première halte afin qu'Igor leur présente les dortoirs.

— Vous vous trouvez actuellement devant le bloc D1 pour dortoir n°1. Seuls D1 et D2 sont utilisés actuellement. Chaque étage d'un bloc peut accueillir dix personnes. Votre numéro de cabine s'affichera sur votre bracelet d'ici quelques instants. Votre « cabine-couchette » est privative, vous la conserverez toute la durée de votre mission. Elle est munie d'un écran connecté et d'un intercom relié au poste de commandement. C'est votre bracelet qui verrouille et déverrouille l'accès. Les dortoirs sont ouverts de 22h à 7h du matin. L'extinction des feux à lieu à 23h30 : nous stoppons l'électricité pendant la nuit pour des raisons d'économie.

D'un seul coup, ces dortoirs eurent quelque chose du bagne…

— Bienvenu en Sibérie ironisa Thierry.

— Des questions M.Thicrry Pears ? j'ai étudié personnellement chacun de vos dossiers et je ne tolérerais aucune remarque suggestive.

Thierry bouillait, c'est Gino qui réussi à le calmer quelque peu en lui murmurant :

— Pas maintenant Thierry, on se le fera, mais pas maintenant…

Les « cabines-couchettes » étaient minuscules, elles faisaient deux mètres vingt de profondeur et un mètre sur un mètre de côté. On y accédait par trois marches situées dans le bloc technique placé sous la couchette, il contenait le système de climatisation, la connectique (fibre et électricité) et le module de survie qui permettait à chaque cabine d'être complètement autonome pendant quarante-huit heures. Deux alcôves couraient de part et d'autre du matelas et faisaient office d'étagères. Au fond de la couchette, un petit écran LCD muni d'un clavier tactile permettait de lire, surfer ou écouter de la musique. Igor leur laissa dix minutes afin que chacun puisse trouver et prendre possession de sa cabine. Marc eu le temps d'apprécier la qualité du matelas et fut agréablement surpris, cela compensait, enfin juste un peu, l'affreuse sensation de claustrophobie qu'il avait en s'allongeant dans sa « couchette-cercueil ».

De retour sur leur gyropodes, les nouveaux arrivants suivirent Igor qui les emmena au pied de la tour de commandement situé en plein centre de City-0.

— Cette tour est le centre névralgique de la cité. Elle abrite le poste de supervision et les appartements du commandant Jorgen. C'est d'ici que partent tous les ordres et que sont centralisées toutes les informations concernant les différentes activités de City-0. De là haut vous avez une vue à 360° sur l'ensemble de la cité.

La suite de la visite fut plus rapide, ils repartirent vers le sud en direction de l'entrée de la ville et s'arrêtèrent que quelques instants sur un parking assez vaste qui se trouvait sur la droite de la piste, à mi chemin entre la tour et la porte de la ville. Le parking était flanqué de garages et Igor leur expliqua que c'était d'ici que partaient les véhicules chargés de convoyer les différentes équipes chaque matin. Ils terminèrent leur visite en traversant la zone Sud-Est de City-0 où s'étalaient l'ensemble des entrepôts nécessaires aux activités d'exploitation du cobalt. Le vent se levait par rafales et ils durent finir leur visite en poussant leur gyropodes au maximum de leur vitesse. Marc eut également l'impression qu'il faisait plus chaud. Ils avaient effectivement gagnés 40° depuis leur arrivée et son bracelet affichait un petit -80°C ! Igor et son équipe les laissèrent de nouveau devant le dôme afin qu'ils puissent se doucher avant d'aller diner.

Chapitre 6 – La formation

Le dîner fut vite expédié et les mineurs n'eurent pas l'occasion de s'attarder bien longtemps dans le dôme. Cinq gardes les raccompagnèrent à pied jusqu'au bloc D1. Un des lieutenants d'Igor leur indiqua que la formation commencerait dès le lendemain matin à 8H et que le plan d'accès leur serait transmis directement sur leurs bracelets. Chacun gravit les trois marches d'accès à sa cabine et approcha son bracelet devant la porte afin de la déverrouiller. Marc se glissa dans sa « boite », la tête en avant, se débarrassa de sa combinaison, et se laissa tomber sur sa couchette complètement exténué par cette arrivée sur Estyniad. Il fouilla quelques instants sur son bracelet afin de régler l'heure de son réveil à 6h30 puis éteignit la lumière de sa cabine à l'aide d'une icone disponible également sur le petit écran fixé à son bras gauche. Il ne lui fallut que quelques instants pour sombrer dans un sommeil agité.

Il se réveilla en sursaut, tiré de son sommeil par l'alarme qu'il avait réglée la veille et se heurta la tête au plafond de sa couchette en voulant se redresser.
— Quelle merde !

Il faillit se mettre à paniquer en se rendant compte qu'il était enfermé dans cette boite de sardine, puis il reprit le contrôle, trouva la fameuse icône qui commandait la lumière et se calma un peu. Il décida de s'extirper d'ici. Il avait besoin d'un bon café et se et dit qu'il avait intérêt à profiter un maximum des trois jours de formation « offerts » par le groupe : s'il y avait un moyen d'écourter sa « peine » en produisant mieux ou plus rapidement, il n'avait aucune envie de passer à côté.

C'est avec une lueur d'espoir qu'il entra dans le réfectoire du Dôme, il avait senti une odeur vaguement familière. Il courut jusqu'au self pour en avoir le cœur net.

> — J'en étais sûr du café lyophilisé ! Cela lui rappelait les petits déjeuners pris dans la cuisine de ses parents quand il était adolescent. Il aurait donné cher pour se retrouver vingt-cinq ans en arrière…

Sa joie fut de courte durée : en guise de petit déjeuner ils avaient droit aux gelés de la veille. Seul le café lyophilisé lui redonna un peu de baume au cœur. Il retrouva John et Kevin en grande discussion et s'assit à leur table.

> — Bien dormi ? lança Marc.

> — Tu parles ! on étouffe dans leur boite. Kevin est comme moi, il n'a pas fermé l'œil de la nuit à cause des ronflements mais j'ai ma petite idée sur le coupable lui expliqua John.

Marc fut incapable de toucher à sa gelée, il se contenta de deux tasses brulantes de café dont il pensait avoir perdu le goût à jamais. C'est Gino qui le tira de sa rêverie en l'attrapant par le bras.

> — Hey Marc ! Tu dors ou quoi ? Magne-toi, je me suis arrangé pour qu'on soit tous dans le même cours mais il ne faut pas trainer.

Marc le suivit presque à regret, il aurait bien repris une troisième tasse de son divin breuvage.

Igor le responsable de la sécurité s'était levé lui aussi de bonne heure ce matin, il devait être là au lancement des cours à 8h mais avait également besoin de joindre son contact pour qu'il lui prépare deux ou trois « crashs » d'auto-cargo.

Difficile de se contenter d'un poste de chef de la sécurité quand on avait comme lui, bourlingué aux quatre coins de la galaxie comme soldat de fortune. Alors, comme à son habitude il avait utilisé sa boite mail sur la station orbitale. Elle servait de poste restante entre lui et un certain Tim Duckey, une vielle connaissance. Tim était un véritable « galaxy trotteur » mais c'était surtout lui qui était à l'origine du système de tracking des auto-cargos, et c'était cela qui intéressait Igor ce matin.

Les auto-cargos constituaient une classe de cargos bien particulière. Vu leur faible tonnage : moins de cent milles tonnes, ils pouvaient être entièrement automatisés. De fait, n'ayant aucun équipage, la réglementation était beaucoup plus laxiste. Ils n'y avaient pas de contrôles douaniers, pas d'assurance non plus. Ces lignes autonomes servaient essentiellement à faire transiter de la nourriture ou des matériaux de constructions. Les compagnies de fret les mettaient en place entre deux ou trois planètes puis les oubliaient pratiquement. Ces lignes étaient également très prisées des trafiquants en tout genre qui utilisaient de vieilles lignes pour faire transiter toute sorte de contrebandes. Tim avait développé le système de tracking le plus répandu sur les auto-cargos et Igor le sollicitait régulièrement pour organiser de vrais-faux « crashs ». Il passait commande par mail d'un ou plusieurs « crashs » afin des récupérer des fusils automatiques (FA) et des armes de poing (AP) et accompagnaient son message d'un virement en Crypto Monnaie Galactique. Tim programmait un atterrissage forcé sur des auto-cargos passant non loin d'Estyniad puis falsifiait les

logs de l'appareil en maquillant sa commande d'atterrissage par une avarie qu'il inscrivait dans les registres de bord de l'appareil. Il répondait ensuite à Igor en lui envoyant par mail les coordonnées GPS du crash sur Estyniad. La commande n'était jamais certaine car les armes transitaient sous de fausses désignation aussi il fallait dérouter en générale trois fois plus de cargos pour être certain d'avoir le compte. Igor organisaient ensuite une expédition de récupération avec une équipe de sondeurs.
Ce dernier tapa un bref mail qu'il enregistra dan les brouillons de sa messagerie :


```
Ai besoin de 2700 FA et de 6000 AP
sous 48h. Tu trouveras le virement de
114000 CMG correspondant ci-dessous.
                               I-B
```


Seul, un garde, Ervin et Max le mécano de la station, était au courant de son petit trafic, d'ailleurs ils étaient de mèche et aidaient régulièrement Igor à écouler ces stocks d'armes. Est-ce que le commandant Jorgen se doutait de quelque chose, ou est-ce qu'il fermait volontairement les yeux ? Il n'aurait sut le dire, alors il préférait en profiter tant que c'était possible.

Igor retrouva ensuite les mineurs dans l'amphithéâtre du Dôme à 8h pour leur présenter le programme des cours qu'ils allaient suivre.

— Je serai bref car le programme de ces trois jours est assez dense. La première demi-journée sera consacrée aux consignes de sécurités et au fonctionnement des différentes unités. Cet après-midi vous aurez un cours sur l'extraction du Cobalt et sur son exploitation industrielle. Les deux jours suivant seront consacrés à l'apprentissage de votre spécialité. Vous commencerez pour un jour de cours théorique puis vous terminerez cette formation par une journée d'exercices pratiques en milieu réel. Je vous retrouve d'ici trois jours.

Igor quitta l'amphithéâtre, quelques secondes plus tard l'obscurité se fit dans la salle et la projection sur les consignes de sécurité commença. Ils avaient interdiction de s'aventurer seul en dehors de City-0. Les principaux dangers à la surface d'Estyniad étaient la température moyenne de -100°C et les vents violant pouvant atteindre 240 Km/h. En dehors de la ville, le GPS du bracelet devenait très vite vital car les tempêtes de poussières rocheuses était fréquentes et pouvaient vous plonger dans une obscurité presque totale. D'ailleurs en cas de panne du GPS les bracelets étaient munis d'une balise Argos qui se déclenchait automatiquement afin de localiser la personne et de guider l'équipe de sauvetage. Les combinaisons des mineurs permettaient de survivre 48h hors de la ville, passé ce délai l'espérance de vie chutait à quelques dizaines de minutes. Sans combinaisons vos chances de survie étaient quasi nulles. Ça c'était pour la vie en surface. Dans les mines le danger était assez différent et se résumait essentiellement aux éboulis et aux pannes du système de ventilation.

Marc fut rassuré d'apprendre que les accidents d'extraction étaient rarissimes. Sous terre, l'air restait respirable mais les masques à particules et les lunettes de protection étaient indispensable contre la poussière de cobalt issue de l'extraction. En termes de sureté, Igor et son équipe d'une centaine d'agents de sécurités protégeaient City-0 de toute menace extérieure ou intérieure.

Marc remarqua qu'il n'était pas fait mention du couvre feu ni des rondes nocturnes qui donnait une couleur très martiale à la vie dans la cité. Les plans 3D se succédaient à l'écran. Marc reconnu la ville dans son ensemble puis les bâtiments principaux tel que le Dôme, la tour de commandement, le parking et les entrepôts. A chaque fois le principe était le même : les entrées s'affichaient en bleu, les sorties de secours en rouge et plans d'évacuation étaient symbolisés par des flèches. A mesure que la présentation avançait les plans venaient s'ajouter dan la mémoire de leurs bracelets.

La seconde partie de la matinée fut l'occasion de leur présenter en détail les trois corps de métiers nécessaires à l'exploitation du Cobalt. Les sondeurs responsables de la cartographie effectuaient des sorties toutes les 48 heures afin d'évaluer les capacités des mines en exploitation et de découvrir de nouveaux gisements. Ils prélevaient systématiquement des échantillons de roches à chacune de leur sorties afin d'en vérifier la teneur en Cobalt. A moins de 2% de Cobalt par gramme de roche ils abandonnaient la parcelle et poursuivaient leur recherche plus loin. Quand ils n'étaient pas de sortie, ils analysaient les échantillons de roches prélevés et dressaient les cartes topographiques. L'idée à moyen terme étant de déterminer les possibilités d'établissement pour les futurs City-1 et City-2.

Les foreurs effectuaient des taches beaucoup moins variées : ils descendaient tous les jours dans les puits des deux mines en activités et foraient six heures par jour la roche de la planète à l'aide d'excavatrice portative à ultrason. C'était certes, mois physique qu'avec l'aide de marteaux piqueurs mais cela restait très pénible. Les ultrasons effritaient la roche en fines lamelles qui étaient aspirées par l'excavatrice et transformées en sciure de Cobalt.

Toutes les 2 heures il fallait vider le réceptacle de cinq kilos et le confier aux robots extracteurs qui remontaient le précieux Cobalt en surface. C'était un balai incessant de petits robots cylindriques de trente centimètres de diamètre qui flottaient sur coussin d'air.

En surface, le troisième corps de métier entrait alors en action. Le métier de chargeur se situait entre celui d'un docker et d'un logisticien. Ils étaient en charge de l'acheminement du cobalt des mines vers City-0, de sa mise en container et de leur acheminement jusqu'à la navette de transport qui décollait toutes les 48 heures. Les principales difficultés venaient des conditions météorologiques qui ne permettaient pas toujours l'atterrissage de la navette en temps voulu. Il fallait optimiser les stocks et gérer au mieux les flux de containers pour éviter que la navette ne reparte à vide ou que les entrepôts ne débordent de containers. Ce n'était pas moins de quarante-huit tonnes de Cobalt qui quittait Estyniad chaque semaine.

A la fin de la première matinée de cours, ont leur remis leur badge d'affectation. Ils appartenaient à la 78ème promotion et eurent droit chacun à un badge en tissu velcro : F78, S78 ou C78 qu'ils accrochèrent sur leur combinaisons tels des astronautes. L'esprit d'équipe était en train de naître et c'est tout naturellement qu'ils se retrouvèrent par corps de métier à la pause déjeuner. Chacun échangeait avec ses coéquipiers sur ces premières impressions et commençait déjà à prendre de haut les deux autres groupes, étant persuadé (ou essayant de se persuader) que c'était leur tâche la plus importante pour la production de Cobalt à City-0. Les surnoms aussi apparurent rapidement, les « Taupes », « Boy Scout » ou « Caissiers » remplacèrent peu à peu les noms d'origine.

L'après-midi fut plus dense au niveau des cours. La masse moléculaire du Cobalt, son point de fusion, ses principaux débouchés dans les alliages, les super conducteurs ou la confection de batterie : rien ne leur fut épargné. Mac était impressionné de la quantité d'information qu'on leur donnait à ingurgiter. Pourtant, à la fin de la journée, il constata qu'il était devenu incollable sur le sujet. Les futurs mineurs connaissaient le cour actuel du Cobalt dans les principales place de marché de la galaxie, l'histoire de son exploitation par l'homme depuis les années 1970 et pouvait donner à 2 ou 3% près la teneur en Cobalt d'une roche, rien qu'en examinant sa couleur. Ils savaient déceler les indices de l'existence d'un gisement d'après une carte topographique d'un terrain et pouvait également manipuler la molécule de Cobalt dans un logiciel de modélisation afin de produire de nouveaux alliages ou de nouveaux supra conducteurs. Tout cela en un après-midi ! Marc se sentait surexcité et son cerveau fonctionnait à 200%. Il se dit que les doses de noradrénaline indiquées sur le cadran de son bracelet ne devaient pas être étrangères à cette soudaine frénésie cérébrale et sa nouvelle soif de connaissance.

« Bah voyons » se dit Marc intérieurement, ils nous shootent pour la formation, on est plus à ça prêt, je suis sûr que l'on aura droit à des stéroïdes pour les exercices pratiques !

Les effets de cette première journée furent assez variés selon les personnes. Thierry s'était découvert une âme de trader et voulait à tout prix profiter de son séjour sur Estyniad pour devenir négociant en Cobalt, Kevin voulait reprendre ses études et n'avait qu'une idée en tête en rentrant sur Terre : retourner à la fac. John était persuadé qu'il pourrait reprogrammer son bracelet pour augmenter son solde bancaire. Quand à Gino, il jurait ses grands dieux que tout ceci n'était qu'une conspiration d'un lobby militaire pour mettre au point une nouvelle arme thermonucléaire à base de Cobalt.

La seconde journée de formation fut aussi dense que la première. Cette fois-ci ils étaient répartis par métiers dans trois salles de TD attenantes à l'amphithéâtre. Cette journée était destinée à assimiler toutes les facettes de leur nouveau métier. Les foreurs apprirent le fonctionnement et le maniement d'une excavatrice à ultrason et toute la signalétique utilisée dans les mines. On leur présenta en même temps le reste de leur équipement. Un casque de sécurité, un masque équipé de filtres à particules qu'il fallait vérifier chaque jour et des lunettes infrarouges pour se repérer au fond des galeries à cent vingt mètres de profondeur.

Les sondeurs apprirent à cartographier les différents secteurs de la planète. Ces secteurs étaient au nombre de deux mille deux cents et se composaient de territoires carrés de quinze kilomètres de côté. Une équipe de cartographie se composait de deux sondeurs épaulés par quatre drones qui survolaient le terrain et leur transmettaient les données topographique de la zone étudiée en temps réel. Si la météo était clémente et le terrain peu accidenté, il était possible de sonder et de cartographier un secteur en une journée. L'équipement des sondeurs différait légèrement de celui des foreurs : les lunettes à infrarouges étaient remplacées par un masque qui pouvait rappeler celui des skieurs, et le filtre à particule était d'un modèle plus simple car il était censé protéger uniquement des tempêtes de poussière. Evidement ils n'utilisaient pas d'excavatrice mais des spectromètres portatifs reliés à leur bracelet, capables d'analyser le sol sur une profondeur de 30 mètres. La tache pouvait paraitre moins physique que celle des foreurs mais c'était sans compter les difficultés du terrain qui pouvaient les obliger à se transformer en véritables alpinistes !

Les chargeurs apprirent le maniement des containers et des chariots élévateurs permettant de les manipuler facilement. Chaque container avait une capacité de 4 tonnes et se présentait sous la forme d'un cube de deux mètres de côté aux angles arrondis à la manière d'un dé à jouer. En termes d'équipement, les masques étaient identiques à ceux des sondeurs. Ce qui changeait essentiellement, c'était les tablettes tactiles qui remplaçaient les spectromètres. La tablette conçue pour fonctionner en milieu hostile et très vraisemblablement dérivée d'un modèle militaire, venait prendre place par-dessus le bracelet, sur le bras gauche et donnait accès en temps réel à toutes les données de productions des deux mines. A l'aide de ce tableau de bord ils pouvaient optimiser au mieux la production et le flux des containers. Du niveau de charge de chacune des excavatrices au poids et à la position exacte de chacun des containers, aucune donnée n'échappait aux outils d'analyse et d'optimisation. Les stocks étaient actualisés en temps réel et les navettes de transport décollaient automatiquement de la station orbitale dès que les 75% de taux de remplissage des entrepôts étaient atteints.

— Une véritable fourmilière ! s'exclama Gino en quittant la salle de TD à la fin de sa journée.

Les cinq compères se retrouvèrent dans le dôme pour diner ensemble. Ils échangèrent quelques blagues sur le déroulement de leur journée mais le cœur n'y était pas. A vrai dire chacun attendait le dernier volet de la formation à la fois pressé d'en finir et soucieux de savoir si ils seraient à la hauteur pour leur nouveau « job ».

Même nuit agité et même petit déjeuner que la veille, John commençait déjà à en avoir par-dessus de la tête de ce nouveau rythme de vie. Il fut le premier à arriver aux vestiaires et à enfiler sa tenue de foreur d'un gris anthracite et épaisse de trois bons centimètres qui paraissait à toute épreuve. Il fut rapidement rejoint par les neuf autres foreurs. Un homme mince et sec, d'une trentaine d'années se présenta à eux, il arborait une tenue d'instructeur et à en croire son badge F-68, il était sur Estyniad depuis déjà dix ans.

> — Bonjour à tous, je suis Melville et je suis votre instructeur pour la journée. Ceux qui seront affectés à la mine M1 m'auront également comme chef d'équipe. Attrapez les excavatrices et retrouvez-moi sur le parking à l'emplacement B. Magnez vous on embarque pour la mine d'ici dix minutes !

Chacun agrippa une excavatrice par la poignée circulaire qui entourait l'engin et essaya ensuite de la caler sur son épaule ou sous son bras à la manière d'une paire de ski. D'ailleurs elles en avaient presque la longueur et pesaient pas loin de huit kilos à vide ! Ce fut au pas de course qu'ils empruntèrent l'artère principale pour rejoindre le parking. Engoncés dans leurs combinaisons ils peinaient beaucoup pour courir et tous arrivèrent au parking éreintés. La journée promettait d'être rude.

L'équipe des sondeurs était déjà en place dans le véhicule de tête. Ils étaient en partance pour une zone au Nord de la ville. Les deux autres véhicules achemineraient foreurs et chargeurs à la mine M1.

Marc et John arrivèrent à la mine avec le second véhicule. Les chargeurs étaient déjà à pied d'œuvre, regroupés autour de leur instructeur et d'un petit chariot élévateur à six roues. Marc entraperçu rapidement Thierry visiblement très concentré sur les instructions à suivre pour le maniement du chariot. Les dix foreurs ajustèrent leur masques et leur lunettes à infrarouge avant de s'avancer jusqu'à l'entrée de la mine. Melville activa une sorte de digicode sur le côté droit de la paroie et la lourde porte métallique qui gardait l'entrée de la mine sembla disparaitre dans le sol. Ils prirent place dans un vaste monte-charge faiblement éclairé qui grinça lorsque Melville referma la grille. Un grésillement électrique se fit entendre une fois la commande de descente activée puis se fut la descente vertigineuse vers les entrailles de la mine.

Chapitre 7 – Mise en condition

Cent vingt mètres plus tard le monte-charge s'arrêta dans un vacarme assourdissant et se fut leur premier contact avec la mine. L'air était beaucoup plus chaud et poussiéreux qu'en surface : on avoisinait les deux ou trois degrés Celsius. La salle qu'ils découvrirent était taillée à même la roche, elle était circulaire et devait faire cinq à six mètres de diamètre. Elle était percée de trois galeries : une au Nord face à l'élévateur, une à l'Est et la dernière à l'Ouest. Marc s'attendait à quelque chose de plus impressionnant. Faiblement éclairée par quelques diodes phosphorescentes incrustées dans la roche, cette salle était presque accueillante. Un banc le long du mur, parcourait presque toute la pièce et en son centre quelques caisses étaient entreposées à même le sol. Melville ne leur laissa pas le temps de visiter. Il rentra tout de suite dans le vif du sujet.

— M1 est la plus ancienne des deux mines en activité mais le gisement mis à jour dans la galerie Nord à un rendement bien supérieur à la moyenne, et comme la galerie Est est globalement plus large que les autres c'est là que vous ferez vos armes de foreurs aujourd'hui.

— Rappelez-vous : restez toujours par groupe de deux et conservez un œil sur votre bracelet. En cas de pépin, il vous indiquera la marche à suivre. Vos excavatrices ont des réservoirs de cinq kilos donc pensez à les vider toutes les deux heures environ. Les robots- balais font la chaine en permanence, vous n'avez qu'à vider votre réservoir dans celui le plus proche. Et pour éviter les blocages : pendant que l'un vide son réservoir l'autre doit continuer à forer.

— C'est compris ? Alors au boulot ! Suivez-moi.

Il prit la tête du groupe et pénétra dans la galerie Est. Hormis le marquage phosphorescent au sol, l'obscurité était totale, les lunettes à vision nocturne donnaient une teinte verte et noire au décor qui apparaissait au fur et à mesure de leur progression. La galerie était vraiment basse, 2 mètres tout au plus et permettait à peine à deux mineurs de se tenir dos à dos pour forer de part et d'autre du chemin balisé. Tous les 20 mètres une balise au sol indiquait la direction de la galerie par une lettre suivi d'une distance en mètres depuis le monte-charge.

Marc compta trois balises avant que la colonne ne s'immobilise. Il commençait à faire vraiment chaud avec cet air rempli de poussière et le poids des foreuses commençait à se faire sentir.

— Lacen et Ellis vous forez ici, je repasse vous voir dans trente minutes, les autres suivez-moi.

Le reste du groupe avança encore de soixante mètres et marqua une nouvelle pause pour que Lyam et Raymond puisse commencer à forer. Puis se fut le tour de Philippe et Tonio. Enfin Melville s'arrêta pour indiquer à Marc et à John leur position de forage. Ils étaient tout au fond de la galerie à trois cents mètres de l'entrée. C'est le cœur serré que Marc regarda Melville rebrousser chemin pour aller vérifier la première équipe. Il percevait au loin le crépitement des excavatrices de la précédente équipe, mais d'ici même en hurlant personne de les entendraient si il leur arrivait quoi que ce soit.

— On s'y met Marc?

— Ouais... On a pas top le choix je pense.

Marc épaula l'excavatrice et la plaqua contre la paroi rocheuse. Il ajusta ses lunettes et enclencha la gâchette de mise en marche. Il perçu l'espace d'un instant un faible sifflement comme celui d'un condensateur qui se charge puis l'engin crépita et commença à éclater des fragments de roches. L'aspiration des éclats était continue et presque aussi bruyant qu'un sèche-cheveux ! On était très loin des secousses d'un marteau piqueur pneumatique mais les vibrations étaient continues et le poids de l'engin se fit sentir au bout de quelques minutes. L'air était rempli de fines particules de Cobalt pulvérisées par les ultrasons et sans les masques, il aurait été complètement irrespirable. Le bracelet de Marc indiquait en permanence la teneur en oxygène, la température, son rythme cardiaque, le nombre de vibrations par minute et la quantité de roche collectée. Au bout de quarante minutes Marc perçu un mouvement au sol sur sa gauche, puis deux lumières se mirent à clignoter par intermittence. Il faillit sursauter et se mettre à hurler puis il reconnu le robot-balai dont leur avait parlé Melville. Il jeta un coup d'œil à sa jauge : un tiers du réservoir à peine était plein.

— Il va falloir qu'on active la cadence, ce machin est déjà là. Tu en es où John ?

— Un petit tiers et toi ?

— Pas mieux.

— Bon tu vois l'engin, on n'est pas prêt encore, alors va voir ailleurs s'y j'y suis et repasse dans une heure et demi.

Le robot oscilla pendant quelques secondes en tournant sur lui-même entre John et Marc puis reparti d'où il était venu en bipant de temps à autre.

Une heure trente qu'ils foraient, Marc avait de la poussière de Cobalt plein la bouche, elle collait aux dents et se mélangeait à la salive avec un gout à mi-chemin entre la craie et le silex.

— On va en bouffer encore un bon bout de temps, du Cobalt à ce rythme là !

Il ne pensait pas si bien dire…

*

Gino et Kevin affectés à l'équipe des sondeurs, avaient été déposés par camion à une vingtaine de kilomètres au Nord de City-0. Ils avaient fini par quitter la piste puis avaient terminé les trois derniers kilomètres à pieds. Spencer encadrait leur équipe et serait en charge de leur formation. Chacun alluma son spectromètre et le synchronisa à son bracelet afin qu'il affiche en temps réel, la topologie du terrain, les cordonnées GPS et la composition chimique du sol.

— Réglez la sensibilité sur 0.33 : en dessous vous auriez trop de signaux parasites. Attention les variations sont très légères et vous devez manier votre spectromètre le plus finement possible. Si vous détecter un taux de Cobalt supérieur à 0.33 :
    o 1èrement : vous sauvez la position GPS de votre relevé
    o 2èmement : vous faite confirmer votre relevé par votre binôme
    o 3èmement : vous effectuez un prélèvement

— C'est compris ? Nous sommes à vingt-cinq kilomètres de City-0, il est 9h30 donc si vous souhaitez dîner ce soir il va falloir s'activer.

— Des questions ?

— Ouais, on prélève quelle quantité ? demanda Kevin

— un centimètre cube c'est suffisant, de tout façon, au marteau vous ne pourrez pas atteindre plus de deux ou trois centimètres d'épaisseur de roche. Rappelez-vous des consignes : on avance en ligne et on conserve deux mètres de distance entre ses voisins. Vous avancez en sondant tous les trois pas.

L'équipe se mit en marche en direction du sud. Par chance le terrain n'était pas trop accidenté et ils purent progresser relativement rapidement. Kevin avait gardé sa play-liste de Jungle qu'il écoutait plein pot, il devait donc se fier uniquement à l'écran de son bracelet pour toute variation de teneur en Cobalt. Pour Gino, c'était plutôt le problème inverse : toute les trentes secondes, il était persuadé d'avoir entendu un léger signal sonore et tapotait nerveusement l'écran de sa tablette pour vérifier si c'était bien du Cobalt !

*

Thierry était arrivé à la mine M1 avec le groupe de chargeurs quelques minutes avant le second camion. Ed, leur instructeur les avaient rassemblés autour du chariot élévateur monté sur six roues. Il se pilotait à l'aide de deux joysticks et était capable de soulever et de déplacer un container de quatre tonnes de Coblat sur une distance de trente kilomètres. Manier le chariot à vide ne posait pas de problème particulier mais une fois le container attrapé, c'était autre chose.

— Je répète, vous scannez toujours le container à vide pour récupérer son QR-code puis vous vérifier qu'au moins 150 robots-balais se sont connectés pour le remplir de Cobalt. Dès qu'il contient au moins 3 tonnes, vous pouvez le charger sur le six roues. Vous verrez ensuite sa destination s'afficher sur votre tablette. Vous avez trois véhicules à disposition, à vous d'en optimiser les trajets. Un conseil : pendant qu'un six roues est en train de charger un container, le second devrait être en route vers les entrepôts et le troisième en train de décharger sa cargaison. Cela devrait vous permettre de tenir une cadence de cinquante containers par jour.

— Et si un six roues tombe en rade ?

— Rassurez vous, Max, notre mécano, les révise tous les soirs, en plus de cela, ils tiennent le coup avec une roue en moins de chaque côté, donc ca ne serait vraiment pas de chance si cela vous arrivait. De toute façon Max en conserve toujours un quatrième en état de marche en case de panne.

— D'autres questions ? Bon, Vous verrez, d'ici un jour ou deux ces engins n'auront plus de secret pour vous.

Le rythme fut un peu difficile à trouver. Chacun défila au commande du chariot élévateur afin d'en apprendre le maniement, puis deux agents de la mine apportèrent les deux autres véhicules. C'est à partir de là que tout se compliqua. Jule ayant défié Lyam de faire mieux que lui, il s'en suivi une course entre deux six roues et leur containers. Il fallut un pneu éclaté et un orteil écrasé pour que la tension retombe un peu et que chacun rentre dans le rang. Thierry était passé en premier pour le pilotage de six routes mais il se jura dès son premier voyage, qu'il resterait piéton et se chargerait de vérifier et d'optimiser les cargaisons. La piste était beaucoup trop accidentée à son goût !

La journée fila rapidement pour les trois groupes et le soir venu au débriefing de clôture, les nouveaux arrivants durent se rendre à l'évidence, leur formation était achevée. Ils étaient à présent des employés de Kobalth.

Chapitre 8 – La routine

Les deux premières semaines suivant la formation passèrent rapidement. Leur travail pour la compagnie ne leur laissait guère de temps libre. Marc parvenait tant bien que mal à conserver la notion des jours. Tous les soirs il se forçait à tenir son journal de bord et parvenait malgré la fatigue à taper quelques lignes sur l'écran de sa couchette. A quoi bon ? Il espérait peut-être secrètement pouvoir le publier une fois sorti d'ici, ou bien était-ce tout simplement pour ne pas perdre pied ?

Seul le dimanche leur permettait de garder un semblant de vie sociale. Ce jour de repos était pour les mineurs un moyen de réactiver quelques unes de leurs habitudes. La plupart participait au match de foot organisé entre les trois groupes, en tout cas tous pariaient sur les scores et se retrouvaient donc autour du terrain tous les dimanches, à 10h30.

On était le troisième dimanche depuis leur arrivée sur Estyniad, selon Marc. Il avait trainé quelques temps dans sa couchette puis avait fini par se lever sur les coups de 9h30 et s'était dirigé vers le stade sans trop de conviction, après un petit déjeuner vite expédié.

Il s'assit en haut des gradins qui bordaient le terrain et sorti sa cigarette électronique. Il tira une longue bouffé de vapeur et attendit que l'odeur du café emplisse sa bouche quelques instants. C'est ce qu'il avait trouvé de mieux pour dissiper cet affreux goût de poussière de Cobalt qui vous restait en travers de la gorge même après plusieurs brossages de dents. Ce goût de café lui rappelait la Terre...

Pour un peu, en fermant les yeux, il se serait presque cru à la terrasse d'un café parisien devant un bon expresso… Hélas cela ne durait jamais longtemps. Il était là dans ces pensées à vapoter quand il perçu une présence à côté de lui. Il n'avait même pas remarqué que Gino l'avait rejoint sur sa gauche.

— Ça fait longtemps que tu es là Gino ?

— Non je viens d'arriver, tu as parié sur qui ? lui demanda Gino

— Les chargeurs pour changer ! Et toi ?

— Pareil, je pense que ça va le faire…

La réponse laconique de Gino intrigua Marc, lui qui d'habitude était intarissable dès qu'il s'agissait de foot et de paris.

— Toi, tu veux me parler de quelque chose, vas y je t'écoute.

— C'est-à-dire que…je préférerai que ça reste entre nous.

— T'inquiète, ils sont tous en train de faire leur mise de dernière minute, il n'y a que toi et moi !

Gino regarda de droite et de gauche, pris un air détaché et se lança :

— Si jamais on prenait le contrôle de City-0, tu en serais ?

— Hein ? Tu as vu le nombre de gardes ? Comment tu veux faire ?

— T'occupe, je veux juste savoir si je pourrais compter sur toi au cas où le rapport de force s'inversait ?

— Bien sûr ! Mais j'aimerais bien savoir comment tu comptes t'y prendre…

— Disons que j'ai mis en place une petite affaire qui devrait me permettre de m'assurer la loyauté des bonnes personnes d'ici quelques temps.

- Toi alors ! Qu'est ce que tu trafiques ? Tu vends de la beuh c'est ca ?

— Non ça manque trop de chaleur par ici. Disons que je distille quelque chose d'un peu plus costaud que leur Green Beer à 0,5 degrés.

— Tu rigoles ?

— Passe cet après-midi à la salle de sport tu verras.

Après le match et le déjeuner les mineurs passait en général une bonne partie de l'après-midi à la salle de sport et au solarium. Là, la Green Beer coulait à flot car elle était gratuite le dimanche après-midi. La compagnie ne prenait pas trop de risque : le second dimanche de son arrivée, Marc avait tenté de se souler et avait enchainé bière sur bière. Il avait arrêté de compter à quatorze, à peine légèrement grisé. Le dimanche après-midi était sans doute le pire moment de la semaine à City-0. Les corps étaient épuisés par une semaine de travail intensif alors que les esprits n'avaient plus grand-chose à faire. C'était donc tout naturellement que le mal du pays se faisait le plus ressentir. De travailleurs ils se retrouvaient de nouveau détenus, pire exilés, voir otages de cette planète et de la compagnie. Pour tuer l'ennui il n'y avait que deux options sport ou poker. Marc avait trop mal au bras pour pousser de la fonte mais il voulait se maintenir en forme alors il courrait. C'était sa façon à lui de se vider la tête. Et puis le poker lui rappelait trop sa longue descente aux enfers qui l'avait amené jusqu'ici.

Après le match qui se termina effectivement par la victoire des chargeurs et qui lui redonna un peu de baume au cœur, Marc récupéra ses gains, retrouva son équipe de foreurs pour déjeuner puis atterrit à la salle de sport bien décidé à voir de plus près la fameuse « affaire » de Gino. Il courut un peu moins longtemps que d'habitude, il avait repéré le petit groupe de quatre personnes attablées au bar du solarium en train d'échanger ce qui lui semblait être des fioles de cigarette électroniques. Marc passa à la douche, le jet de vapeur aux essences d'Eucalyptus acheva de le réveiller définitivement puis il se dirigea vers le bar et s'assis à côté de Gino qui était en grande conversation. Il fut accueilli par des regards inquisiteurs, mais Gino dissipa rapidement le malaise en le présentant comme l'un des leurs.

— Ne vous inquiétez pas Marc est avec nous.

— Tu veux gouter cette petite merveille ? Tiens, tu m'en diras des nouvelles.

Il joignit le geste à la parole et Marc reçu dans le creux de sa main deux recharges de E-Cigarettes remplies d'un liquide vert clair.

— Fais gaffe, c'est costaud lança Lyam, alors que Marc portait un des flacons à son nez pour essayer d'en découvrir le contenu.
— Tu ferais mieux de le couper avec une Green Beer.

Marc avait déjà aspiré à pleine narines les vapeurs d'alcools contenu dans le flacon et faillit s'étouffer ! De l'alcool à bruler avec un léger gout de chlorophylle : c'était ce qui venait tout de suite à l'esprit.

— Diego m'a confié la recette maison pour son mescal natal. Forcément, ici, c'est un peu plus compliqué mais avec du jus de maïs et de la levure j'ai réussi à distiller quelque chose de sympa, ma touche perso confia Gino, c'est l'essence de térébenthine et le chewing-gum : on s'en bien la chlorophylle hein ?

Marc avait déjà les narines en feu et pensait que ce serait tout simplement imbuvable mais il était trop tard pour reculer.

— Oui effectivement c'est plutôt costaud !

— Attends tu n'as rien vu encore, tiens prends une bière, rallonge là avec une demi dose et savoure un peu ce nectar !

Marc ne pouvait plus se défiler, il avait toute la tablée rivée sur lui, alors il attrapa la Green Beer que lui tendit Gino, vida un demi flacon d'alcool distillé dans son verre et l'avala cul sec. Il faillit hurler tellement c'était fort, rien avoir avec un bon single malt.

Mise à part les larmes qui lui montèrent aux yeux et cette voix voilée quand il essaya d'émettre un son, il fit plutôt bonne figure et tout le monde rigola de bon cœur.

— Bon tu vois, repris Gino, c'est encore un peu costaud alors j'ai dans l'idée de la couper. On ferra quatre flacons avec un comme celui-ci, et vu mon carnet de commande, ce petit commerce devrait vite tourner à plein régime. Je te présente mes distributeurs officiels : un par groupe de mineur, quant à moi, je me charge de l'approvisionnement des gardes. Si cela t'intéresse je te confie le développement commercial. Tu auras essentiellement à m'indiquer les clients potentiels que tu auras identifiés. Bien sûr tout ceci reste entre nous.

Marc cella leur accord par une franche poignée de mains puis regagna sa couchette après avoir passé quelques minutes au solarium à essayer de retrouver ses esprits. Il sauta le diner, sa dégustation lui ayant bien coupé l'appétit et c'est avec ce qui ressemblait de près une gueule de bois qu'il fini par s'endormir enfin.

Chapitre 9 – Prise de conscience

Trois mois que Marc forait sept heures par jour par cent vingt mètres de profondeur, même si il ne s'en était pas rendu compte au fil des jours, son corps s'était sensiblement transformé. D'abord il y avait ces quintes de toux qui le prenait chaque matin un peu plus longtemps. Sa sensibilité à la lumière avait aussi augmenté : même la lueur des néons lui donnait la migraine au bout de quelques minutes. Sa musculature s'était relativement développée au niveau des bras et du dos, mais il se couchait toujours aussi fourbu après les sept heures de forage quotidien.

Tous ces changements auraient du l'alerter, pourtant, il donnait l'impression de s'y faire et d'en prendre son partie. Finalement c'est le poste que lui avait confié Gino qui servit de déclencheur. Il avait accepté cette « mission » par politesse et pour tuer le temps mais au fond de lui, il savait que cela ne pourrait jamais rapporter suffisamment pour leur permettre de renverser l'ordre établi et prendre le contrôle de City-0. Parfois il se persuadait même que Gino en était conscient et faisait tout cela pour s'occuper et ne pas lâcher prise. Du coup, un matin il se réveilla avec la ferme intention d'élaborer lui-même son plan d'évasion, bien décider à ne pas atteindre le terme de sa peine pour quitter cette fichue planète.

Son principal problème c'était le bracelet : équipé d'une puce GPS, Kobalth s'avait en permanence où chacun des mineurs se trouvait. Pire ! Une alarme se déclenchait si l'un d'eux s'écartait de l'enceinte de la ville en dehors des horaires de travail. Et comme leurs fonctions vitales étaient monitorrées en temps réel, se couper l'avant-bras lui aurait donné que quelques secondes de répit avant que la compagnie ne soit alertée. Marc avait beau chercher, il ne trouvait pas comment échapper à cette surveillance permanente. Il décida de faire le tour de ses amis afin de vérifier si cette lubie d'évasion les avait également atteints.

John passait le plus clair de son temps libre dans sa couchette, les yeux rivés à son écran, absorbé par des calculs d'astrophysique.

— Tu vois Marc, avec la puissance des panneaux solaires postés à l'entrée de City-0, je suis persuadé que je pourrais mettre au point un générateur capable de distordre l'espace-temps suffisamment longtemps pour envoyer un signal laser vers la Terre. Je suis presque certain que je pourrais réduire la distance de 20 mois lumière à quelques semaines, mais il faut encore que je peaufine mes calculs.

— Houa fit Marc, quelques semaines ??

Tout cela laissait Marc plutôt dubitatif.

— Et Kevin ? Il planche avec toi ?

— Kevin, je pense que tu le trouveras à l'atelier, il bricole un gyropode d'ailleurs il m'a demandé quelques calculs, une histoire de freins magnétique je crois…

Effectivement Marc trouva Kevin dans l'atelier de Max, presque aussi absorbé que John. Il portait un masque de soudeur et était occupé à souder à l'arc électrique une pièce sur le bloc moteur d'un vieux gyropode étalé de tout son long sur l'établi.

— Salut Kevin, qu'est-ce que tu bricoles encore ?

— Max m'a filé ce gyro, expliqua-t-il tout excité. Il y a encore quelques pièces à changer mais avec ce bloc moteur, il va reprendre du service d'ici quelques temps. J'ai mis John sur le coup. J'ai besoin de lui pour un turbo « maison ».

— Un turbo ? Il m'a parlé de freins magnétiques plutôt.

— Oui c'est ça l'idée : son turbo va dériver l'énergie emmagasinée par le frein électromagnétique dans un gros condo que je pourrais balancer d'un coup au moteur. Avec ça je suis sur que je pourrais atteindre au moins les 90 à l'heure !

— Donc en gros, ton engin n'aura plus de freins mais pourra faire des pointes à 90km/heure ?!? Impressionnant ! Prévois un casque hein ! lui lança-t-il sur le ton de la plaisanterie.

Marc avait déjà pas mal de problème pour rester en équilibre sur un gryropode, alors lancé à 90km/heure sur ce genre d'engin cela dépassait son entendement. De toute façon il n'envisageait pas de quitter City-0 pour ce moyen. Il laissa Kevin à sa soudure et parti en quête de Thierry qui devait avoir en tête quelque chose d'un peu plus réaliste et de beaucoup moins périlleux pour s'échapper d'ici.

Thierry s'était effectivement mis en tête d'attaquer Kobalth en justice, et ne pouvant prouver leur détention contre leur gré, il s'efforçait de les faire tomber sur le plan fiscal. C'était visiblement un travail titanesque vu le nombre de holding qui composaient le groupe. En plus il ne s'y connaissait que très peu en droit inter galactique, mais cela avait au moins le mérite d'occuper son temps libre. Marc n'était gère plus avancé. A chaque fois qu'il y repensait il était persuadé que le seul moyen d'échapper à la surveillance de City-0 était de se faire passer pour mort, mais il ne voyait vraiment pas comment faire avec ce satané bracelet au bras.

C'est en forant par 120 mètres de fonds qu'il fini par trouver un moyen plausible de s'échapper. Ce jour là, il était avec John dans la galerie numéro vingt-six quand tout à coup il sentit le sol trembler sous ses pieds puis ressenti plusieurs secousses suivies d'un bruit sourd, une sorte de grondement. Quelques secondes plus tard le silence ce fit de nouveau et leurs bracelets leur confirmèrent ce qu'ils imaginaient déjà : un éboulement venait d'avoir lieu non loin de là, dans la galerie vingt-sept. Visiblement plus de peur que de mal car l'ordre d'évacuation n'avait pas été donné, mais ils terminèrent leur journée de forage la peur au ventre en imaginant ce qui aurait pu se passer si l'éboulement était survenu dans leur galerie…

Marc réalisa qu'ils auraient pu tout simplement être ensevelis vivants et que passé soixante-douze heures (durée de vie de la batterie du bracelet), plus rien n'aurait pu signaler leur présence au reste de la base : il tenait sa porte de sortie !

Chapitre 10 – Une préparation minutieuse

L'éboulement n'avait pas eu de conséquences dramatiques, un seul des mineurs avait été blessé et il avait pu être évacué sans problème. Par contre la galerie vingt-sept ne fut pas déblayée, cela aurait couté trop de temps et d'énergie à la compagnie. Il fut décidé à la place d'entamer le forage d'une nouvelle galerie.

Marc avait ainsi la confirmation que son plan pourrait fonctionner : en cas d'accident dans la mine aucune chance que l'on tente de venir le sortir de dessous cette roche. Pour réussir à s'échapper il lui faudrait par contre être en mesure de faire écrouler suffisamment de roches pour se couper du reste de l'équipe, et lui faudrait survivre en suite 72 heures dans les éboulements puis trouver un moyen de s'en extraire une fois la batterie de son bracelet H.S. A chaque que fois qu'il y pensait il trouvait cela insurmontable jusqu'à ce qui il décompose son plan en une série de petits problèmes à résoudre séparément, alors il reprit un peu espoir :

1. L'éboulement : inutile de chercher à fragiliser la structure de la galerie avec son excavatrice, il lui aurait fallu des années. Seuls des explosifs pouvaient lui permettre d'arriver à ses fins. Il ne pouvait pas acheter directement cette marchandise à un des gardes, en revanche « graisser quelques pattes », pour qu'ils « oublient » un soir de verrouiller la porte du local technique restait envisageable. Marc avait repéré Ervin, qu'il avait vu trainer régulièrement avec Igor en dehors de ses tours de gardes.

Avec ses messes basses, et ses coups d'œil à la dérobés, il faisait un candidat parfait. Il lui faudrait aussi trouver l'emplacement idéal, dans une galerie offrant suffisamment de recoins pour pouvoir se replier à l'abri au moment de l'explosion.

2. La survie après l'éboulement : c'est là que cela se corsait un peu car non seulement, il fallait réchapper à l'explosion mais en plus il faudrait tenir 72h enseveli avant d'essayer de regagne la rsurface. Il lui faudrait donc de quoi s'alimenter pendant trois jours, certainement de quoi se soigner et des outils pour réussir à se dégager et retrouver la surface, et il devrait descendre ce matériel au nez et à la barbe des officiers de la mine ; et même de ses compagnons mineurs car il ne pouvait prendre le risque d'être démasqué avant le jour J. Autre petit détail, et non des moindres : il ferait plutôt obscur dans une galerie condamnée par un éboulement et donc abandonnée par la compagnie.

3. Sortir de la mine : Selon lui sa seule chance de salut était de trouver un puits d'aération abandonné mais encore en état, par lequel il pourrait regagner la surface. Ensuite il serait dehors avec une température moyenne de moins cent degrés Celsius. Il faudrait penser à bien se couvrir ! Si il avait un peu de chance il échapperait aux tempêtes de poussière et il n'aurait plus qu'à parcourir les trente kilomètres qui séparaient la mine M1 de la piste d'atterrissage de la navette.

4. Quitter Estyniad : Sur place il devrait attendre un convoi de containers et en trouver un suffisamment vide pour s'y glisser et regagner la station orbitale comme passager clandestin, caché parmi le minerai. Là encore il aurait intérêt à filer quelques bakchichs pour être sûr d'avoir un container avec assez de place.

5. Quitter la station orbitale : Là c'était déjà beaucoup plus flou pour lui. Il hésitait entre rester dissimulé dans un container et s'en remettre au hasard ou au contraire en sortir le plus vite possible afin de se dissimuler dans un vaisseau en partance pour n'importe où...

Chaque soir, allongé sur sa couchette, il se repassait son plan d'évasion dans sa tête. Il savait qu'il n'aurait droit qu'à un seul essai aussi devait-il mettre toutes les chances de son côté. Impossible de faire des recherches sur le réseau de la base, sans éveiller les soupçons alors il faudrait trouver un spécialiste dans chaque domaine afin de préparer au mieux son opération.

Il ne lui fallut que deux jours pour se rendre compte qu'il n'y avait pas d'artificier dans le contingent de mineurs qui était arrivé sur Estyniad avec lui, alors faute de mieux il se rabattit sur Eric qui avait été pisteur et connaissait le b-a-ba du maniement des explosifs pour déclencher les avalanches. Evidement Marc aurait à manipuler du C4 et non des bâtons de dynamite mais les détonateurs qu'il avait repérés dans le local technique ressemblait à peu près à ceux décrits par Eric. Il apprit également que le C4 était dix fois plus détonnant que de la dynamite. Il faudrait donc intégrer ce petit détail dans ces calculs, sachant qu'il cherchait à faire sauter une galerie de mine de cobalt et non une plaque à neige !

D'après ses calculs, Marc fini par se persuader qu'avec deux fois deux cent cinquante grammes de C4 bien placés, il devrait arriver à ses fins. Eric lui fit partager également son expérience de la survie en avalanche : une fois la galerie effondrée par l'explosion il serait sans aucun doute plongé dans l'obscurité, désorienté par le souffle de l'explosion et très certainement entravé par pas mal de roches. Il lui faudrait s'aménager une « bulle » pour ne pas être enseveli et cracher pour repérer sa position dans l'espace.

Il fallut une bonne semaine à Marc pour dresser la liste du matériel qu'il aurait à faire passer dans la mine à l'insu des gardes et de ses collègues : cinq cents grammes de C4, les deux détonateurs, trois litres d'eau (un minimum pour tenir soixante-douze heures dans la galerie), de la nourriture, une seconde combinaison pour doubler la sienne et survivre à la surface, des sticks fluorescents pour s'éclairer, une pelle pliable. Sans sac pour descendre à la mine, il devrait se contenter de ses poches et de la doublure de sa combinaison pour descendre tout ce matériel. Marc dissimulerait chaque jour un nouvel objet dans une niche rocheuse masquée par des blocs de pierres, dans un recoin de la galerie vingt-cinq.

C'est John qui l'aida à sélectionner cette galerie, une des rares avec un coude de quarante-cinq degré et un accès à un puits d'aération à son extrémité. Une fois le matériel en place, il faudrait déterminer le jour idéal en fonction de la météo et s'arranger pour qu'un container soit moins chargé qu'à son habitude. Difficile de cacher à John ces intentions, puisqu'il lui avait demandé de trouver la galerie idéale et qu'il forait avec lui sept heures par jour. Mais Marc resta le plus évasif possible et se contenta de lui expliquer qu'il ne pouvait rester comme ça sans rien tenter. John avait acquiescé d'un hochement de tête, sa façon à lui de le conforter dans son projet, surtout après la découverte de Gino deux jours plutôt.

Gino était venu trouver John, d'abord pour lui demander de reprogrammer temporairement son drone de prospection afin qu'il « s'égare » quelques centaines de mètres plus au sud de sa zone à cartographier, puis une seconde fois pour lui demander de vérifier l'absence de la zone H13 sur la carte chargée dans leur bracelet qui passait donc de H12 à H14 sans aucune notation ; et enfin pour agrandir un cliché pris par le drone lors de son « escapade » et qui révélait un champ de cent quarante stèles.

L'agrandissement ne laissait aucune place pour le doute, les dates et le nombre de stèles indiquaient clairement que depuis la fondation de City-0 aucun mineurs n'avait quitté la planète… Le séjour était donc sans retour !!

Cette découverte laissa les cinq compères complètement déboussolés pendant quarante- huit heures ; Ils se jurèrent de garder l'information pour eux tant qu'il n'avait pas un plan pour faire évacuer l'ensemble de leurs compagnons d'infortune. La découverte de la zone H13 précipita les préparatifs de Marc et faillir couter la vie à Kevin qui tenta le lendemain soir de s'échapper de la ville sur son gyropode trafiqué par ses soins. Il fut récupéré inconscient à trois kilomètres au sud de City-0 après avoir été projeté à plus de quinze mètres de son véhicule dont les roues avaient du se bloquer à près de 70km/h...

Marc se donnait une semaine pour tenter sa chance, le temps de finir récupérer et de dissimuler l'ensemble de son équipement , de se défausser de la moitié de ses crédits pour s'assurer que le container N148-E indiqué par Thierry serait bien à moitié rempli lorsqu'il quitterait City-0 et de l'autre moitié de son capital dument gagné pour que le garde laisse la porte de la réserve ouverte un jeudi soir, lui prétextant qu'il devait organiser une partie de poker clandestine. L'armoire avec les explosifs restait fermée mais Marc avait dans l'idée de copier la petite clé plate avec l'imprimante 3D qu'il avait vu trainer à l'atelier. En théorie c'était une bonne idée, en pratique il ne possédait qu'une photo de cette clé qui apparaissait dans l'inventaire du matériel des mineurs et son projet de reproduction de clé devenait du coup beaucoup plus incertain.

Il parvint quand même à réaliser une clé en plastique assez grossière à partir de la photo. Il accrocha cette clé autour de son cou avec du fil dentaire et la garda précieusement dissimulée jusqu'au jour J. Tout allait dépendre de ce petite bout de plastique qui lui donnerait accès ou non au cinq cents grammes de C4 qu'il convoitait pour ce sortir de là.

Chapitre 11 – La fuite

Marc allongé sur sa couchette ne parvenait pas à trouver le sommeil. Il avait repassé pour la énième fois les étapes de son évasion, il avait terminé son journal de bord en omettant toute allusion à son départ au cas où il tombe entre de mauvaises mains et préparé sa check-list qu'il suivrait pas à pas une fois l'opération déclenchée. Cette check-list était relativement courte mais pour plus de sécurité il décida de la recopier au marqueur dans le creux de sa main gauche et de l'apprendre également par cœur :

1. Se dégager en déplaçant le minimum de roches après l'explosion
2. Emballer le bracelet dans des feuilles d'aluminium pour atténuer la force du signal GPS
3. Se soigner et vérifier son équipement
4. Se repérer dans la galerie et localiser le puits d'aération
5. S'aménager un espace vitale pour patienter soixante-douze heures
6. Atteindre le puits d'aération et regagner la surface

C'est John qui lui avait soufflé l'idée de la feuille d'aluminium, elle isolerait le bracelet en faisant cage de Faraday et atténuerait par deux ou trois le signal GPS, ce qui le rendrait moins repérable et accélérerait le déchargement de la batterie. Faute de feuille d'aluminium, Marc s'était gavé de barres de chocolat le matin à la cafète, afin de récupérer un maximum d'emballages en aluminium qui entouraient le chocolat;

Avec trente feuilles, il avait pu confectionner un carré de cinquante centimètres de côtés qu'il avait triplé et collé à la manière de feuilles de papyrus. Avec la clé et le C4, c'était le troisième objet dont il était le plus dépendant pour réussir son coup. Tous les soirs il lissait son carré d'aluminium puis le glissait sous sa couchette.

Il regarda une dernière fois les prévisions météo à deux jours : le ciel serait relativement dégagé mais les vents forciraient dès le deuxième jour. C'est ce qui l'inquiétait le plus : outre qu'ils ralentiraient sa progression et le refroidiraient, s'il était pris dans une tempête de poussière, sans GPS, il ne parviendrait jamais à rejoindre l'air de décollage de la navette. Il se répéta pour la centième fois le cap et la direction à suivre :

- o Marcher 4km direction Sud Sud-Est (cap 270°)
- o Bifurquer pour le cap 210 qu'il suivrait 16km
- o Finir par 10km plein Nord

Son bracelet déchargé, il ne pourrait compter que sur la boussole magnétique et le vieux podomètre qu'il avait récupéré la veille dans l'atelier. Tout se jouerait demain soir, après diner : il devrait quitter le dôme, longer les ateliers à l'Est de la ville, et se glisser dans le local technique en espérant qu'il serait bien ouvert. Sur place, il aurait tout au plus deux minutes pour ouvrir l'armoire avec la copie de sa clé, dissimuler deux pains de C4 dans ces bottes et récupérer deux détonateurs qu'il glisserait dans sa combinaison, avant de refermer l'armoire et de quitter les lieux en effaçant au maximum les traces de son passage.

Gino lui avait promis un peu d'ambiance au bar de la cafète, de quoi occuper les gardes quelques minutes vers 22h, mais sans moyen de se synchroniser, cette diversion était pour le moins aléatoire.

Marc fini par s'endormir en imaginant les scénarii possibles pour sa soirée du lendemain, peu d'entre eux offraient une issue favorable… Il passa une nuit vraiment agitée et en se réveillant à l'aube il était l'ombre de lui-même, obnubilé que par une seule chose, la soirée qui n'était pourtant que dans seize heures ! La journée lui parue interminable. Les vagues tentatives de John pour détendre l'atmosphère ne firent que l'agacer encore plus. Il faillit se blesser plusieurs fois en forant tant il était accaparé par le timing de la soirée.

17h45 : Marc rempli son dernier chargement dans le petit robot extracteur et coupe enfin son excavatrice.

— C'est bon pour moi John, j'en ai ma dose, je remonte.
— Ok encore deux minutes et je te rejoins, A tout' !

Marc jette son excavatrice sur l'épaule et retourne vers l'entrée de la galerie. Ce soir il est dans les premiers. Il n'a qu'une idée en tête tester cette satanée clé ! Il expédie sa douche rapidement et se retrouve également parmi les premiers au réfectoire. « Si tout se passe bien songe-t-il c'est le dernier diner de m… que je prends ici, mais vu les trois jours de diète qui m'attendent j'ai intérêt à prendre quelques réserves… » Alors il jette son dévolu sur un plat de gelée bleu ciel et quatre barres de céréales qu'il fait passer avec deux cannettes de Green Beer. A peine 19h30 ! Son repas est expédié mais il va devoir patienter encore jusqu'à 21h45 que la plus part des mineurs aient quitté le dôme, pour rejoindre les ateliers.

> — Tiens tu es là Marc ? lui lança Thierry, tu veux te joindre à nous ?

> — C'est sympa mais j'ai déjà fini, je voudrais passer à la salle faire un peu d'exercice avant d'aller me pieuter, çca fait deux jours que je dors vraiment mal alors j'espère qui si je me crève bien sur le vélo elliptique ça ira mieux.

> — Ok, je vois, vas y molo quand-même, je te rappelle qu'on est que jeudi et qu'il nous reste encore trois jours de taf cette semaine.

> — Ouais, ouais, je sais… bon ap' en tout cas, salut les autres de ma part.

Marc, peu fière du mensonge qu'il vient de servir à Thierry, attrape son plateau et le dépose à l'entrée puis se dirige vers la salle de sport en espérant croiser le moins de monde possible. A cette heure la salle est effectivement déserte. Il grimpe sur le premier appareil et commence à « pédaler ». Je suis vraiment idiot, se dit-il, en plaisantant ça dois faire quatre mois que je suis là et je n'aurais profité de cette superbe salle que trois fois en tout et pour tout. A Paris ça m'aurait couté dans les 900 crédits, un abonnement comme ça. En plus avec vu imprenable sur l'espace : la grande classe !

Marc s'active machinalement sur le vélo elliptique, la tête ailleurs. A travers la vitre du Dôme, il perçoit un petit point scintillant à quelques kilomètres au dessus de sa tête. C'est la station orbitale et si tout se déroule comme il espère, il sera là haut dans un peu plus de trois jours. Il finit par perdre la notion du temps, plongé dans son entrainement et quand il reprendre pied dans la réalité, l'horloge du vélo indique 21h30.

Dans la salle de la cafète, en contrebas, quelques mineurs bavardent autour d'un café mais le réfectoire est pratiquement vide. Marc se repasse une dernière fois le scénario de son opération :

21h45 : je quitte la cafète, par la porte sud (la moins fréquentée), je longe le dôme, prend la deuxième route en direction des ateliers. Si je croise quelqu'un j'ai besoin d'une batterie pour ma liseuse qui est H.S. Ne surtout pas s'attarder.

22h : Se pointer au niveau du bloc B, faire le tour du bâtiment, si personne n'est en vu, renter et verrouiller la porte. Ne pas allumer, déclencher le chrono, ouvrir l'armoire avec la clé, dissimuler deux pains de C4 dans mes bottes, récupérer deux détonateurs, refermer, essuyer armoire et poignée de porte avec la manche de ma combi. Vérifier par la fenêtre que la voie est libre puis sortir, sans courir : j'aurais cinq cents grammes de C4 aux pieds ! Je ne dois pas dépasser deux minutes. Ensuite, repartir à l'opposé du Dôme et regagner le dortoir.

21H45, Marc quitte son vélo elliptique et descend l'escalier pour regagner la sortie du Dôme, il est dans un état second, complètement concentré sur l'atelier qu'il doit atteindre à 22H, il ne perçoit que vaguement les rires et les éclats de voix des derniers mineurs qui quittent le Dôme et regagnent leur dortoir.

Le froids au dehors sensé l'ankyloser, ne l'affecte que très légèrement, il se concentre sur son allure et la cadence de son pas, sa casquette de foreur vissée sur la tête et les poings dans les poches, il active le pas. Il a quitté le Dôme depuis deux minutes, visiblement personne ne le suit. Du coin de l'œil il aperçoit deux officiers en grande discussion à cinquante mètres tout au plus sur sa gauche. Visiblement, ils ne le remarquent pas. Marc presse encore le pas, il aimerait courir, en finir avec ce trajet qui n'en fini pas, mais il doit rester calme coute que coute, ne pas céder à la panique. Au dessus de lui la station orbitale scintille toujours : elle semble l'encourager à avancer, ou le narguer ?

Ça y est, les ateliers se découpent enfin au fond de la route, il lui reste huit cent mètres à parcourir. Il arrive à la hauteur de l'atelier qui semble bel et bien désert. Après avoir fait le tour du bâtiment, il gravit les trois marches métalliques et pose sa main sur la poignée de la porte. D'ici une seconde, il sera fixé : soit Ervin l'a cru en acceptant son bakchich et l'atelier sera ouvert, soit il l'a balancé à Igor et la porte est fermée (voir piégée !) et s'en est fini de ses projets d'évasion. Il retient son souffle, abaisse la poignée et pousse la porte qui s'ouvre vers l'intérieur avec un léger crissement du à la poussière environnante. Le cœur de Marc bat la chamade, il sent son sang cogner dans ses tempes. Surtout rester concentré ! Il referme derrière lui, attrape sa lampe torche et balaie la pièce. Il découvre une table entourée de quatre chaises et recouverte de piles de dossiers en tout genre. Il examine chacun des murs et finit par trouver l'armoire métallique qu'il cherche. Il touche au but. Marc attrape sa clé en plastique autour de son cou et l'insère dans le cadenas de l'armoire. La clé résiste. Il doit forcer pour la glisser complètement dans la serrure. Il essaye de la tourner une première fois sans succès; la serrure raccroche et le cadenas reste fermé. Il force un peu plus et sent la clé plier légèrement entre ses doigts. Il décide alors de maintenir la pression tout en retirant légèrement la clé, millimètres par millimètres, cherchant les points de contacts de la serrure.

Depuis combien de temps est-il-là ? Il est incapable de le dire. Il aurait du déclencher son chrono en entrant, mail il a voulu précipiter les choses. A son bracelet, il est 22h05, Gino a du déjà faire son numéro au bar du Dôme et il ne lui reste plus de temps à perdre. Alors Marc force une dernière fois sur la serrure en mettant tout son poids sur le cadenas. Et « clac », la clé cède et sa main vient heurter l'armoire. « Ça y est, c'est foutu » se dit-il regardant le bout de clé qu'il lui reste dans les doigts, mais le cadenas est ouvert ! Marc tâtonne sur les étagères du haut et met la main sur des pains grisâtres de matières malléable, il en attrape deux et glisse le C4 dans ses bottes, qu'il recouvre avec sa combinaison. Il finit également par trouver une petite boite métallique contenant une vingtaine de détonateurs. Marc en saisi deux qu'il range dans une poche, puis repousse la porte de l'armoire et force sur le mécanisme du cadenas pour le refermer. Sa clé cassée à l'intérieur sera découverte dès qu'on cherchera à ouvrir l'armoire mais en attendant celle-ci paraitra fermée à clé. Marc passe un coup de manche sur l'armoire et le cadenas, traverse la pièce jusqu'à la porte et quitte l'atelier en ayant pris soin d'essuyer ses empruntes sur la poignée.

Dehors tout parait toujours calme. Marc jette un coup d'œil au dessus de lui et est soulagé de retrouver l'éclat de la station orbitale, comme si elle avait pu disparaitre. Il regagne sa couchette en marchant sur des œufs, s'arrêtant à chaque bruit suspect. Une fois allongé, la porte fermée, il a du mal à réaliser ce qu'il vient de faire en quelques minutes : forcer une armoire, dérober cinq cents grammes d'explosif et les ramener dans sa couchette : une pure folie ! Et un vague aperçu de ce qu'il l'attend demain.

5h55 : L'alarme du réveil sort Marc d'un sommeil sans rêve. Son escapade de la veille lui parait très lointaine et si ce n'était les pains de C4 qu'il sent en enfilant ses bottes, il pourrait très bien l'avoir imaginée. Pourtant il doit se ressaisir et se concentrer sur l'objectif du jour s'il veut avoir une chance d'arriver à ses fins.

6h20 : Marc est de nouveau parmi les premiers au réfectoire, il rempli comme hier son plateau de barres de céréales et ingurgite un maximum de cette gelée bleutée, après tout ce dit-il, d'une façon ou d'une autre c'est la dernière fois que j'en mange.

6h40 : Marc a passé sa combinaison de mineur, en plus du C4, il a glissé sa feuille d'aluminium et une bâche plastifiée sous sa combinaison. Il fait les cents pas dans le vestiaire en attendant que les autres se décident enfin à finir de déjeuner pour embaucher. John le rejoint quelques minutes plus tard, il imagine dans quel état doit se trouver Marc et cherche à prendre de nouvelles :

— Ça ira ? s'inquiète-t-il

— Je te dirais ça dans trois jours, rétorque Marc, ironique.

Les autres arrivent enfin, chacun racontant ce qu'il sait, à vu ou entendu de la baston d'hier soir : visiblement Gino a mit le paquet et plusieurs personnes ont fini la nuit ou poste de secours. Marc aimerait le remercier, mais il n'a aucun moyen de le faire, ou du moins si, il n'en a qu'un : réussir à s'évader d'ici.

7h30 : les mineurs embarquent pour M-01, Marc trésaille à chaque soubresaut du camion, mais le C4 c'est stable, et ils arrivent en entier à la mine.

Chapitre 12 – Enseveli

Marc sait qu'il n'aura droit qu'à un seul essai alors il a depuis longtemps décidé de passer à l'action à 10h, quand les mineurs s'accordent une courte pause à l'entrée des galeries. En cas de pépin, si l'explosion n'est pas maitrisée, les autres mineurs pourront s'échapper par l'ascenseur. Il évite également de faire sauter une portion de la galerie avec des mineurs en activité.

Avec John, il s'avance jusqu'au secteur 9 situé vingt mètres après le coude que Marc a prévu de faire sauter. En passant, il vérifier du coin de l'œil que la niche empilée de pierres est toujours là avec le matériel qu'il a pu descendre et dissimuler. D'ici deux heures quinze ce sera également son point de repli et son « habitation » pour soixante-douze heures ou son tombeau.

Marc commence à forer sans beaucoup d'entrain, plus occupé à scruter l'heure sur son bracelet que la roche et le minerai qu'il est en train d'extraire.

9h58 : John coupe son excavatrice, se retourne vers Marc en lui lançant un clin d'œil. Marc lui répond par un léger sourire, mais il est déjà ailleurs. Il regarde son ami disparaitre dans la galerie, ses pas s'éloignent puis le silence s'installe.

10h : Marc déclenche son compte à rebours, il a cinq minutes, le temps de la pause. Alors il rebrousse chemin jusqu'à la niche en pierre, il y dépose l'excavatrice et s'équipe de la seconde combinaison. Il sort les deux pains de C4 de ses bottes, s'avance à pas feutrés jusqu'au coude de la galerie située entre le secteur 8 et 9, il le dépasse d'une dizaine de mètres et là il s'arrête pour déposer les deux fois deux cent cinquante grammes d'explosif. Il place le premier pain au sol sur sa droite en le plaquant contre la paroie de la roche et fixe le second au plafond de la galerie en diagonale à cinquante centimètres en retrait ; l'effet de cisaillement augmentera ainsi les dégâts sur la structure de la galerie. Marc vérifie son chrono : il lui reste deux minutes. Alors il saisit les deux détonateurs dans la poche de sa combinaison ; les règles sur 1min50 et en prenant un dans chaque main, les déclenchent simultanément. Il les enfonce de 10 centimètres dans chaque pain de plastique puis court se réfugier dans son abri de l'autre côté du coude. Le temps de s'envelopper dans la bâche plastique, d'ajuster son masque de mineur et de refermer du mieux qu'il peut son abri de fortune à l'aide de pierres empilées, c'est déjà l'instant fatidique. Marc n'entend plus que les battements de son cœur et le silence est insoutenable. Puis il y a un énorme éclair : c'est la dernière chose que Marc perçoit avant de perdre connaissance.

Un bip lointain le ramène à lui.

— Ma jambe…

Il sent une douleur sourde et une brulure lancinante à sa jambe droite. Mac est recroquevillé sur lui-même. Il parvient au terme d'un effort surhumain à bouger son bras droit et à tâter sa jambe : sa combinaison est déchirée et sa jambe bloquée par un gros bloc de pierre, sa main est poisseuse et couverte de sang. Il voudrait se lever mais il n'y parvient pas. Sa bouche est pleine de poussière, il est plongé dans l'obscurité. Seule la faible lueur de son bracelet lui indique qu'il voit toujours. Il sent une légère piqure dans son poignet gauche puis une vague de chaleur inonde tout son corps.

— Ah oui c'est vrai ce machin peut injecter aussi de
la morphine.

La douleur dans sa jambe disparait progressivement et
il peut rassembler ses idées embrumées pour s'attaquer à
sa « todo liste ». Il sort de sa combinaison sa précieuse
feuille d'aluminium et enrobe tant bien que mal son bracelet de 3 bonnes couche d'aluminium afin d'atténuer le
signal GPS. Il ne sent plus sa jambe mais il faut encore la
dégager. Heureusement il est adossé à son excavatrice. Il
va falloir la ramener devant lui et l'activer, vu son état et
l'espace exigu dans lequel il se trouve c'est loin d'être
gagné, mais ce n'est pas infaisable. Alors centimètres par
centimètres, Mac s'arque boute vers la gauche tout en
tirant l'excavatrice de derrière son dos avec sa main
droite. Le moindre centimètre gagné est une petite victoire, mais chaque mouvement risque également de faire
ébouler encore un peu plus les roches amoncelées sur son
abri de fortune et sur sa jambe. Ca y est, enfin ! Marc a
fait passer l'excavatrice entre ses jambes et l'incline de
40° vers le haut de l'abri. A pleine puissance, il n'aura
guère qu'une ou deux minutes tout au plus avant que la
batterie ne soit totalement vide, mais cela devrait être suffisant pour pulvériser les roches les plus imposantes et lui
permettre de se dégager.

L'excavatrice rend l'âme dans un dernier bip qui
s'étire puis s'éteint doucement. Marc a éclaté pas mal de
roches, celle qui appuie sur sa jambe semble maintenant
en équilibre précaire, prête à basculer et rouler au dehors
de l'abri. Alors Marc pousse de tout son poids à l'aide de
son genou gauche et parvient enfin à tirer complètement
sa jambe droite pour la ramener contre sa poitrine. C'est
son tibia qui a pris : l'os est à vif mais il a tenu, il devrait
donc pouvoir marcher.

Marc termine de s'extraire de l'abri à tâtons, car son masque à vision nocturne est H.S, alors il brise deux tubes de fluorescéine qu'il jette au sol et commence à scruter son nouveau décor pour 72 heures. Derrière lui la galerie qui mène à l'ascenseur n'est plus qu'un amas de roches. Devant, la galerie est presque complètement obstruée également. C'est assez gênant car il ne reste qu'un léger espace de 20 cm avant le plafond en direction du puits d'aération qu'il devra emprunter. Avant que les tubes de fluorescéine ne perdent de leur intensité Marc mémorise chaque recoin et chaque pierre. D'ici peu il devra tout faire à tâtons…

Sa priorité : soigner sa jambe, alors il nettoie comme il peut la plaie avec un peu d'eau, puis referme la blessure avec du sparadrap. Il n'a pu descendre que deux litres d'eau, alors il va devoir s'économiser au maximum et calculer chacun de ses gestes. Marc termine de déblayer les roches accumulées sur son abri et essaye de le renforcer du mieux qu'il peut afin de pouvoir y dormir sans crainte d'un nouvel éboulement. Puis il entreprend de dégager l'accès vers le puits d'aération. Lui qui pensait trouver le temps long à attendre que son bracelet tombe en rade, il n'aura finalement pas trop des soixante douze heures pour se frayer un chemin parmi les décombres !

« Quel travail de titan ! Je vais d'abord faire rouler les plus petites pierres du haut et les entasser de l'autre côté de la salle, on verra ensuite pour les grosses roches. »

Marc perd vite la notion du temps. Cela fait longtemps que le premier tube de fluorescéine a cessé d'émettre sa lueur verdâtre, et chacun de ses mouvements l'exténue littéralement. Il transpire à grosse gouttes. Il regarde de temps à autre son bracelet en soulevant les feuilles d'aluminium qui le recouvrent pour entrapercevoir l'heure. Il a décidé de s'arrêter cinq minutes toutes les deux heures, et de s'accorder une gorgée d'eau. Il n'est pas loin de 23h quand il se laisse débouler du tas de roches. Il est complètement exténué et le deuxième tube de fluorescéine n'émet plus aucune lueur. Alors il rampe à tâtons jusqu'à son abri, attrape une barre de céréales qu'il engloutît en quelques secondes puis se laisse tomber sur la bâche en plastique en rêvant à ce ciel étoilé qui lui parait si lointain.

Marc est réveillé par sa jambe droite qui le lance atrocement qu'elle heure peut-il-être ? Dans l'obscurité complète il a perdu toute notion du temps. La morphine injectée par le bracelet a fini par être assimilée par son organisme et elle ne fait plus du tout effet. Il est 4h du matin, cela fait dix-huit heures que Marc a déclenché les détonateurs et est bloqué dans la mine. Avec cette douleur dans la jambe il ne pourra pas se rendormir, alors il déjeune d'une autre barre de céréales et de quelques gorgées d'eau puis rampe dans l'obscurité jusqu'au tas de rochers qui obstruent toujours son chemin vers la liberté. Il lui reste trois tubes de fluorescéine mais il veut les économiser pour atteindre le puits d'aération, alors tant qu'il reste des pierres à déblayer, il préfère continuer dans le noir. Les petites pierres du début ont laissé place à des rochers de plusieurs kilos que Marc laisse tomber au sol, puis qu'il roule ensuite à l'autre bout de la galerie effondrée. Il a l'impression d'avancer plus qu'hier mais il ne sent plus son dos et ses gants commencent à partir en lambeaux. Il s'assoupie ou perd connaissance plusieurs fois au cours de cette seconde journée mais à chaque fois la douleur dans sa jambe le ramène à la réalité au bout de quelques minutes et il reprend son projet harassant. L'air s'est raréfié à force de se démener et de soulever la poussière de cobalt qui flotte partout autour de lui. Marc peut la sentir dans sa gorge, dans ses yeux, dans son nez, elle colle à son visage en se mêlant à la sueur pour former un étrange masque de poussière minérale.

Il est 22h15 quand Marc s'effondre de nouveau sur la bache en plastique de son abri de fortune. Cela fait trente six heures qu'il est enseveli, il doit patienter encore trente six heures de plus avant de pouvoir quitter la galerie mais il lui reste encore au moins les deux tiers des blocs de pierre à déplacer. A bout de force, Il commence à douter de la réussite de son projet.

Marc se réveil brulant et trempé de sueur, apparemment la blessure à sa jambe s'est infectée, sans soins médicaux dans un futur proche, il ne donne pas cher de sa peau. Il doit se ressaisir et changer de méthode s'il veut avoir une chance de quitter cette galerie. Plutôt que d'attaquer cet amas de pierre par le haut, il va tenter de faire ébouler le tas de pierre en déplaçant les blocs du bas. Il sent ses forces l'abandonner peu à peu et le risque est grand de se retrouver bloqué par la chute d'un rocher, les chevilles et les jambes coincés dans l'éboulement des blocs de roches mais il n'a pas d'autre choix. Alors il confectionne une « corde » à l'aide de la sangle de son excavatrice et entreprend de la passer autour d'une grosse pierre située sur le coté droit du mur. Il espère n'avoir à la déplacer que de quelques centimètres pour faire écrouler tout l'édifice. Alors il s'arque boute de tout son poids en callant les pieds du mieux qu'il puisse et tire sur la corde en se jetant en arrière d'un seul coup. Il perd l'équilibre et se retrouve au sol mais la roche à légèrement bougée, il lui semble entendre un léger bruissement puis la partie droite du mur de roches s'affaisse en faisant rouler les pierres les unes sur les autres. Mac a juste le temps de ramper sur les coudes vers le fond de sa caverne et échappe de peu aux premières pierres qui terminent leur course contre la semelle de ses bottes. Il explose de joie : cela fonctionne ! Il va falloir stabiliser les éboulis pour en faire une pente sur laquelle il pourra monter, mais sa méthode est bonne. Il espère qu'en répétant l'opération deux ou trois fois il pourra s'extraire d'ici. Reste à retrouver sa sangle à présent. Il ne met que quelques minutes à la localiser mais celle-ci est coincée sous un gros bloc rocheux et il lui faut deux bonnes heures de plus pour la récupérer. Marc répète son opération au centre du mur et parvient encore à faire s'écrouler un peu plus l'empilement de roches. Il décide d'en rester là et de tenter sa chance après quelques heures de repos. Il englouti ses dernières réserves de nourriture afin de faire le plein d'énergie puis s'endort en pensant aux 30km qu'il aura à parcourir à pied jusqu'à la zone de décollage de la navette. Il soulève une dernières fois les feuilles d'aluminium qui emballent son bracelet : celui est enfin éteint. L'écran tactile ne réagit plus.

Marc perd encore connaissance plusieurs fois dans les heures qui suivent. Il a abandonné son abri de fortune en emportant uniquement la bâche plastique qu'il a replié dans a combinaison. Il rampe à présent au somment du tas de roches et se fraye un passage entre les éboulis et le plafond de la galerie. Il pousse les pierres comme s'il nageait sur un lit de roches les ramenant vers ces genoux puis ses pieds. Il avance centimètres par centimètres, à bout de force il espère atteindre ce léger courant d'air qu'il lui a semblé sentir il a quelques instants. Il veut juste quitter cette mine et gagner l'extérieur.

Cette fois-ci, il en est sûr, ce léger rectangle grisâtre qu'il distingue par intermittence, est la trappe du puits d'aération, à vu de nez il est à 15 mètres à peine, alors il tire encore sur ces bras et ses jambes de toutes ces forces, parcourant les derniers mètres qui lui restent. Le courant d'air lui remonte le moral et lorsque sa main touche enfin le premier barreau de l'échelle du puits d'aération, il hurle de joie !

Il lui faut encore une demi-heure pour se hisser hors du puits, barreau après barreau et lorsque Marc arrive enfin à la surface il défonce la grille rouillée d'un coup d'épaule et s'effondre sur le sol rocailleux de la planète. Enfin de l'air frais !

Il reste là hébété, sur le dos, les yeux perdus dans le ciel étoilé mais un point lumineux clignotant le rappel rapidement à la réalité. D'ici quelques heures le chargement de minerais aura décollé pour la station et son seul espoir d'évasion aura disparu. Il faut se remettre en route. Alors Marc fouille ses poches et retrouve la vieille boussole à aiguille trouvée dans la réserve. Le champ magnétique est beaucoup plus faible que sur Terre, et il lui faut une bonne dizaine de minutes pour calmer les oscillations de la boussole et trouver son cap : 4km direction Sud-Sud Est puis 16km au cap 210° et enfin les dix derniers kilomètres plein Nord. Avec les vents violents qui soufflent en rafale, Marc sait qu'il ne pourra pas dépasser les 3km/h : 4 puis 16 puis 10…

« Putain ca fait dix heures de marche ! »

Autre problème : pour évaluer les distances il va devoir compter ses pas, car l'écran du podomètre qu'il avait récupéré est hors d'usage. Alors il s'efforce de marcher à peu près droit et de faire un pas d'un mètre à chaque fois. Il sait qu'il ne pourra pas tenir cette allure très longtemps mail il espère bien reconnaitre les contre forts rocheux qu'il a aperçut il y a quelques semaines en arrivant sur Estyniad.

Les vents sont de plus en plus violents. Marc a noué un coin de la bâche à sa cheville gauche, il s'est enroulé dedans et avance le bras gauche rabattu sur son visage, tenant dans sa main le coin opposé de la bâche. Le triangle de plastique le protège légèrement des bourrasques et surtout de la morsure des grains de sables qui s'abattent sur lui comme des embruns. Ne pas flancher. Avancer coûte que coûte. Marc ignore que la navette aurait déjà dû décoller depuis longtemps. (Il ignore également que Thierry lui a donné un petit coup de pouce en mélangeant les numéros de containers : de quoi provoquer une belle pagaille et faire perdre quelques heures sur l'acheminement du convoi de minerais). Alors il avance, sans réfléchir. De toute façon, cela fait longtemps qu'il n'est plus capable de penser. Il ne fait que marcher, marcher et compter ses pas, compter et marcher… Marc perd le décompte plusieurs fois.

« Merde, j'en étais où 800 ou 600 déjà ? »

Alors quand il arrive à quatre milles pas il sait très bien qu'il y a peu de chance qu'il ait pu parcourir 4 km mais il décide de faire confiance à sa bonne étoile, et oblique pour le cap Sud-Sud Est. Ses genoux et ses mains sont en sang à force de trébucher sur le terrain rocailleux ; Il a même fêlé le verre de sa boussole en tombant dessus mais c'est le dernier de ces soucis car les vents on redoublé d'intensité et il n'y voit presque plus rien avec tout ce sable. La tentation de s'abriter pour laisser passer la tempête est grande mais s'il veut arriver à temps pour se glisser dans la navette il doit continuer coute que coute.

Cela fait des heures qu'il a quitté la mine, à combien en est-il déjà 7560 ou 9460, il a beau se concentrer : impossible d'en être sûr. Pourtant cette grande masse sombre sur sa droite pourrait bien être le mont Vinier qu'il cherchait à contourner. Il cherche sa direction à l'aide de la boussole mais le sable s'est insinué à travers le verre fêlé et l'aiguille refuse de bouger. Il jette cet objet inutile au loin et décide de marcher tout droit en direction du mont. Il espère pouvoir le gravir et en faire le tour à mi-hauteur. Marc est au bout de ses force, il gravit la pente à quarte pattes, luttant toujours contre les bourrasques de vent. Il avance à tâtons, car son masque a lui aussi cédé aux assauts répétés des millions de grains de sables charriés par la tempête Ses yeux sont en feu. Il voudrait hurler sa rage, sa douleur et sa peur mais c'est au dessus de ces forces. Il a juste décidé d'avancer tant que ses bras et ses genoux le porteront encore. Tant qu'il lui reste un souffle de vie, il refuse de renoncer.

Par deux reprises, il glisse le long de la pente mais reprend son ascension. Il finit par entamer le contournement de la montagne à mi-hauteur en rampant à moitié. Son visage est écrasé contre le sol : il reprend connaissance petit à petit, il sent la roche contre sa joue, et la poussière plein la bouche, il a encore perdu connaissance mais avant le voile noir, il en en certain, sur sa gauche, il a aperçu trois points lumineux en bas de la pente. Marc se redresse à genoux puis parvient à se lever presque complètement. Les trois points lumineux sont toujours là, et en leur centre ce silo métallique ne peut être que la navette ! Cette fois c'est une pluie d'étoiles qui vient obscurcir sa vision et l'étourdir. Il perd l'équilibre et bascule dans la pente. Surtout ne pas se raidir, relâcher tous ses muscles et attendre que cela cesse. Il roule puis rebondit plusieurs fois contre la roche Les premiers chocs lui arrachent un cri puis il s'assomme et tout s'arrête. C'est la morsure du vent qui fini par le réveiller.

« Ma tête… »

Marc est en sang, il a un bel œuf sur le front et de nombreuses entailles au visage et aux bras, mais par miracle, il est en vie. Il se traine jusqu'à un rocher, puis s'y adosse pour retrouver ces esprits. Cette fois c'est certain il touche au but, quand il tourne la tête sur la gauche il aperçoit la navette et les containers qui attendent d'être chargés. Reste à trouver le bon et s'y glisser avant le décollage du chargement.

« Comment savoir quel est le bon… »

Il sait que Thierry lui a aménagé un peu de place dans un des containers de Cobalt.

« Une chance sur dix, c'est beaucoup trop peu, de toute façon je n'ai plus le choix, il faut que je me jette à l'eau. »

Marc se débarrasse de sa combinaison supplémentaire en lambeau, et de ses gants qui sont dans le même état. Ses mains sont toutes boursoufflées et pleine d'égratignures. Il distingue à peine la check-list qu'il avait griffonnée dans sa paume il y a quelques jours. (Une éternité lui semble-t-il). Mais bien sûr ! Un petit « 4 » tracé à la hâte est inscrit à la base de son poignet.

Le convoi de containers commence à s'ébranler et déjà le premier container est attrapé par la grue et chargé dans la navette. Marc s'élance la tête la première, il plonge littéralement dans la pente qui le sépare du chargement de cobalt. Il entame une série de roulades impro-bables et termine sa course contre le dernier container de la file. Il rampe ensuite le long des trois containers suivant et s'adosse au quatrième. D'ici quelques secondes il saura s'il a réussi ou si tout s'arrête là. Il se hisse contre la paroi du container et active le système d'ouverture. Thierry a tenu parole et le couvercle n'est pas celé. Marc gravit avec peine les trois encoches métalliques qui font office de marche pied et bascule la tête la première à l'intérieur du cube de métal. Il y a bien un petit espace de disponible dans lequel Marc se blottit en se roulant dans sa bâche en plastique. Thierry a vraiment assuré et a même glissé une Green Beer sur laquelle Marc arrive à déchiffrer « BON VOL ! ;-) » Il tend le bras pour refermer le couvercle sur lui et avec sa main libre ouvre la canette de bière qu'il avale avec bonheur. Des bruits étouffés lui parviennent du dehors. Advienne que pourra, de toute façon il n'est plus capable du moindre mouvement.

Un énorme grondement : c'est la dernière chose que Marc entend quand les moteurs de la navette rentrent en action.

Chapitre 13 – Carré d'AS

— Ed ! Bordel on ne va pas y passer trois heures ! Tu blindes ou tu te couches ?

Ed savourait cet instant, il était convoyeur et comme à son habitude, pour les vols intergalactiques de plusieurs mois, il s'éveillait de son sommeil artificiel toutes les semaines pour tuer le temps en jouant au poker avec les membres d'équipages ou d'autres convoyeurs.

Depuis l'escale sur la station orbitale d'Estyniad, dix huit heures plutôt, il n'avait pas décollé de sa table. Il était persuadé qu'il pouvait se refaire et regagner les quelques milliers de crédits galactiques qu'il avait perdu quinze jours au paravent. Sa tactique était simple mais risquée : il misait un maximum même avec une paire de 7 ou de 8 afin de passer pour une proie facile, espérant tomber après trois ou quatre tours sur une main suffisamment forte pour pouvoir tout rafler après avoir « endormi » ses adversaires.

Cette fois, avec son carré d'As, il en était persuadé, il allait faire un carton. Jo, Powel et Harvey jouaient plutôt bien, lui laissant que peu de change de réussir son coup. Il regarda chacun d'eux un à un, comme si il espérait deviner leurs cartes en lisant dans leur regard, puis, il annonça avec un air de défit : « Chargement ! » Il vit trois sourires s'élargirent sur leur visage. Ils le prenaient vraiment pour un bleu.

Encore plus fort que le traditionnel « All in » pratiqué au poker, le « chargement » avait été instauré par les convoyeurs de fret, qui allaient jusqu'à miser l'ensemble de leur cargaison à l'aveugle, car aucun d'eux ne savaient ce que convoyaient leurs partenaires de jeux.

Sur ce voyage, Ed transportait un chargement d'émetteurs destinés à « Céblion » une petite lune de la bordure galactique. Il n'avait qu'une vague idée de sa valeur marchande et de toute façon, du fait de l'instabilité local qui régnait dans l'astroport de Céblion, il pourrait toujours prétexter un vol et faire jouer l'assurance de la compagnie. Vu les conflits locaux, il y avait aussi de fortes changes que Jo, Powel et Harvey convoient des armes ou des générateurs qu'ils pourraient revendre un bon prix. Jo et Harvey finir par se coucher, mais Powel insista :

— OK tu l'auras voulu, chargement alors !

Il abattit sa quinte sur la table en ricanant, Ed exultait.

— Tu transportais quoi déjà lança-t-il à Powel, en découvrant son carré d'As.

Powel était fou de rage, il en bégayait presque.

— Du ...du minerai, tiens enfoiré !

Il lui lança un bout de papier chiffonné sur lequel était noté le numéro du pont, le hangar et les numéros des dix containers qui composaient sa cargaison.

— Messieurs, sur ce… je vous dis à bientôt, je vais aller faire un petit somme.

Et Ed quitta la salle après avoir empoché les billets empilés sur la table et le code balancé par Powel.

Il n'était pas rare que les chargements changent plusieurs fois de propriétaires au cours des vols à destination de la bordure. Aussi Ed savait qu'il devait faire vite. Il voulait aller vérifier sa nouvelle cargaison et la mettre en lieu sûr. Il fit quand même un détour par le bar, bien décidé à arroser sa victoire et se donner du courage pour ce qui l'attendait.

Au bout du troisième single malt, il se sentait suffisamment courageux et de bonne humeur pour descendre vers les ponts inférieurs du cargo. C'était loin d'être une partie de plaisir. Il y régnait un froid glacial et la plus part des coursives étaient plongées dans l'obscurité. Beaucoup de différents s'y réglaient à coup de couteaux.

Ed enfonça sa casquette sur son crâne et remonta le col de son blouson, il longeait les murs, marchant à pas feutrés et s'arrêtant toutes les deux minutes pour vérifier s'il n'était pas suivi. Il faut dire qu'il avait sur lui le code qu'il venait de gagner mais aussi les cinq milles crédits galactiques de la partie ; de quoi attirer bien des convoitises. Dans sa poche droite, il serrait très fort la petite matraque télescopique qu'il avait réussit à dissimuler à l'embarquement. Son plan : rester le moins de temps possible dans les soutes et remonter au plus vite dans sa couchette pour s'y endormir enfermé à double tour.

Trois ascenseurs et deux coursives plus tard, il arriva enfin au hangar « T », un vigil avachit sur sa chaise le toisa du regard, la main sur son taser.

— Il faut une autorisation pour accéder aux hangars.

En guise d'autorisation, Ed sorti deux cents crédits qu'il glissa dans la main du vigil.

— Je n'en ai que pour deux minutes

— Bon, bon… ok faite vite lui lança le vigil.

Ed franchit le sas d'accès et se retrouva dans une immense salle de deux mille mètres carrés, remplie de containers de toutes tailles. La salle s'étendait au pied d'un escalier métallique de quartes marches. Sur la droite, un pupitre muni d'un écran tactile permettrait d'actionner l'immense grue suspendue ainsi que le scanner à rayon X qui permettait de vérifier et de déplacer les différents containers. Ed saisi le code griffonné qu'il avait rempoté au poker quelques minutes plutôt. Au bout de quelques instants le détail de la cargaison s'afficha :

```
o  10 containers
o  Provenance : Estyniad
o  Destination : Astroport de Céblion
o  Cargaison : Cobalt
o  Tonnage : 40 tonnes
o  Convoyeur : Powell Hadisson
o  Compagnie : SPT Inc.
o  Emplacement : Colonne F - Rangée 14
```

Ed commença par éditer les noms du convoyer et de la compagnie pour indiquer les siens ; puis il manipula le scanner 3D suspendu au plafond sur un rail, afin de le positionner en F14 et d'examiner l'intérieur de chaque container. A l'écran, le cobalt apparaissait comme une masse blanche et lumineuse dans chacun des containers. Il allait terminer et valider la mise à jour, quand une masse sombre attira son attention dans un des containers.

« Bordel ! C'est quoi ce truc ! »

Il passa sur l'analyse thermique et faillit s'étrangler.

« C'est vivant ! »

L'analyse thermique était formelle, le container de gauche renfermait une forme vivante. Ed faillit tout annuler et repartir comme si de rien était, puis il se reprit et décida d'aller voir de plus près. Il lui fallut un bon quart d'heure pour retrouver l'emplacement F14, celui-ci étant indiqué uniquement au plafond et au sol.

A sa grande surprise, le container n'était pas verrouillé et Ed pu dégager le couvercle sans encombre. Il devait y avoir deux tiers de cobalt, mais il y avait aussi une bâche et sous cette bâche, un homme recroquevillé. Il était couvert d'ecchymoses et de blessures, et sans l'analyse thermique, Ed l'aurait laissé pour mort. Il était dans de beaux draps... Impossible d'alerter les autorités du bord car l'également cette cargaison n'était pas la sienne. Impossible également de le laisser là car il serait repéré au déchargement sur Céblion. La seule solution pour l'instant était de le ramener dans sa cabine en espérant qu'il survivrait. Il aviserait ensuite.

Ed l'attrapa sous les bras et l'extirpa du container. Il le soutint ensuite jusqu'au sas d'entrée du hangar. Le garde l'attendait de pied ferme. Alors Ed fourra sa main dans sa poche, mais cette fois en guise de bakchich, il en ressortit sa matraque télescopique et lui assena un coup sur le crâne. Ed pu lire la surprise dans son regard avant qu'il ne s'effondre à terre. Il soutint l'homme du container et le traina jusqu'à sa cabine. Il du puiser encore dans ses gains pour faire venir le médecin du bord qui lui posa une attelle, plusieurs dizaines de points de suture et lui administra une dose imposante de somnifères sensée le maintenir au lit pendant quarante-huit heures.

> — Il a besoin de beaucoup de repos, mais il devrait s'en sortir. Par contre pour son bras, je n'ai jamais vu ce machin là, on dirait que c'est vissé.

Ed congédia le doc. en le payant grassement et en insistant sur sa discrétion. Pendant les deux jours qui suivirent, l'homme du container fut pris de fortes fièvres et délirait souvent dans son sommeil. Il marmonnait des choses incompréhensibles où il était questions de mineurs et de navette. Ed mit ce temps à profit pour régulariser la situation de ce nouveau clandestin. Le plus plausible était de le faire passer pour son second qui l'avait rejoint lors de l'escale sur l'astroport. Il se serait fait « corriger » suite à une partie de poker qui aurait mal tournée, trop amoché pour se présenter à l'embarquement. Il fallait donc qu'il lui prépare un contrat de convoyeur et qu'il règle également son billet jusqu'à Céblion. Le gars lui devrait au moins six ou sept mois de boulot pour être quitte, mais de toute façon, dans l'état dans lequel il se trouvait il était bien incapable de renégocier son contrat.

> — Hey ! On dirait que ça va un peu mieux, tu me dois une fière chandelle tu sais…

> — Où suis-je…

> — Moi c'est Ed, je t'ai trouvé dans un container sur ce cargo, enfin techniquement je t'ai gagné au poker puisque tu faisais parti de la cargaison. Et toi ?

> — Marc… je m'appelle Marc, on est où ?

> — Sur un cargo je te dis.

— J'ai réussi alors ?

— Réussi quoi ?

— A quitter Estyniad ?

— Pour sûr ! On doit être à 120 millions de kilo-mètres à cette heure-ci.

— Je dois rentrer chez moi sur Terre

— Ça, j'ai bien peur que ca ne soit pas d'actualité.

— Il faut que je descende à la prochaine escale alors ! Quelle est notre destination ?

— Ce cargo est en partance pour la bordure galac-tique, à destination de Céblion.

— Hein ?!? Marc fut pris de vertiges, on arrive quand ?

— Trois mois, si tout va bien.

Marc fit un bon dans sa couchette, mais il retomba presque aussi tôt, trop faible pour se lever.

— Du calme, du calme et puis d'abord il faut que tu captes un petit détail : tu me dois six mois de tra-vail : le prix de ton billet sur ce rafiot, alors je t'ai fait un joli contrat et te voilà convoyeur. Tu bosses pour moi, on convoie des émetteurs et depuis peu du cobalt. Alors maintenant, si tu te calmais et tu me racontais quel est ce machin sur ton bras gauche et comment tu t'es retrouvé dans ce container ? Tu sais qu'à deux ou trois heures près tu y passais ? Tu as vraiment de la veine !

— Ça non, je ne crois pas…

Et Marc lui raconta son périple.

— C'est hallucinant ton histoire, si je comprends bien cette compagnie recrute sur Terre vous drogue, puis vous envoie bosser pour elle dans une des mines sur Estyniad sous couvert d'un contrat qu'elle vous a fait signer.

Ed avait un peu de mal à croire que tout cela était bien réel. Pourtant le bracelet scellé sur le bras gauche de Marc correspondait bien à ce qu'il lui avait décrit. Sans compter qu'il l'avait effectivement retrouvé dans un container de cobalt en provenance d'Estyniad.

— Qu'est ce que tu compte faire ?

— Balancer ces salauds à la cour intergalactique et faire libérer les autres mineurs.

— Mais à part ta parole, tu as quoi contre eux ?

— Ce bracelet justement, vu la techno utilisée, je pense qu'un groupe d'experts aura vite fait de faire le lien avec Kobalth Inc. Il faudrait que je le fasse enlever d'abord.

— Je pense connaitre quelqu'un qui pourrait t'aider.

Quand Marc se réveilla une seconde fois, ils étaient trois dans la cabine.

> — Marc je te présente Mitch un des mécanos du bord ; il a accepté de passer ton bracelet à la disqueuse pour quelques centaines de crédits.

> — Hein ! Non mais attends !

> — Si si tu verras, il en a juste pour deux minutes.

Et joignant le geste à la parole Ed posa un genou contre la couchette pour bloquer le bras de Marc en extension tandis que Mitch activait sa disqueuse portative. Marc voulait hurler mais il était top faible et de toute façon les sifflements stridents de la disqueuse couvraient déjà tous les bruits de la pièce. il y avait des gerbes d'étincelles, une odeur de brulé et de métal chauffé à blanc. Puis le silence retomba, Marc senti la pression sur son bras gauche se desserré et le bracelet fendu en deux sur toute sa longueur tomba sur le sol.

> — La vache ils ne t'ont pas loupé !

Marc examina son avant bras enfin libéré : la peau était toute flétrie et décolorée, comme après un bain et on distinguait très nettement une dizaine de piqures d'aiguilles qui avait permis au bracelet de lui injecter toute sorte de substance dans le sang. Marc eu un mal de chien à récupérer son bracelet, car Mitch voulait à tout prix le fondre pour en extraire les métaux lourds, mais moyennant quelques centaines de crédits qu'Ed s'empressa de rajouter à son ardoise, il récupéra la pièce maitresse du dossier qu'il projetait de monter contre Kobalth Inc.

Epilogue

Cela fait maintenant dix jours, que Marc est à bord du cargo CRT-251. Il a d'abord pensé fausser compagnie à Ed dès que l'occasion se présenterait mais après vérification, il avait dit vrai et la prochaine escale serait cette lointaine lune de Céblion. Le peu qu'il a pu en lire dans la base de données du vaisseau n'est pas vraiment réjouissant. Il y a un gigantesque astroport qui couvre un bon quart de cette mini planète. Le reste est presque entièrement recouvert d'entrepôts échappant à tout contrôle puisqu'il s'agit d'une zone franche dans laquelle seule la loi du plus riche ou du plus fort l'emporte à coup sur. Du coup il a trois mois pour apprendre les ficelles du métier de convoyeurs. C'est assez peu finalement. Il espère s'acquitter de sa dette envers Ed, le plus rapidement possible et réembarquer pour un nouveau voyage de 23 mois pour rentrer sur Terre.

Marc s'est acheté un notebook de voyage qu'il a dégoté au duty-free sur le pont supérieur du cargo. Il passe le plus clair de son temps les yeux rivés sur son écran à noter les moindres détails de son séjour sur Estyniad et de sa captivité. Il a besoin que son dossier soit le plus complet possible pour les attaquer devant la cour intergalactique.

Ce soir il regagne sa couchette complètement exténué, son travail de notes l'épuise chaque jour un peu plus. Il sombre rapidement dans un profond sommeil. Ses dernières pensées vont à ses anciens compagnons d'infortune. Vont-ils tenir le coup longtemps ? Par le hublot de la cabine, on peut apercevoir une minuscule tache bleutée, c'est le système stellaire de Céblion qui est enfin à portée.

La cabine est plongée dans le noir complet, Marc dort profondément. Il ne peut pas percevoir se léger grésillement puis cette petite lumière rouge qui vient de se remettre à clignoter sur l'écran du bracelet posé sur le bureau.

FIN